Emmanuel Duret

Cartographie des errances

Roman

Les éditions Alphus et Zabrovski

Du même auteur

-*Et nous étions parfaitement au courant*, recueil de nouvelles, A&Z, 2004 (en collaboration avec Christophe Duret).

-*L'un d'entre nous devra y passer,* recueil de nouvelles, A&Z, 2004 (en collaboration avec Christophe Duret).

-*La tradition de la douleur,* recueil de nouvelles, A&Z, 2005 (en collaboration avec Christophe Duret).

Les éditions Alphus et Zabrovski

© 2018 Emmanuel Duret. Tous droits réservés.

ISBN 978-2-9808725-2-5 (version imprimée)

Dépôt légal, Bibliothèque et Archives nationales du Québec, 2018

Dépôt légal, Bibliothèque et Archives du Canada, 2018

Imprimé aux États-Unis

4

À mes enfants.

À toi.

Passer à côté des êtres, les manquer, nous ne faisons que cela, durant toute une vie.

Louis Calaferte, *Septentrion*

C'est dans une vitrine de la rue St-Hubert, sur la première page d'une revue dont le numéro lui était consacré que le profil de son visage est réapparu. Il se détachait d'une pénombre, celui d'une chambre à coucher où l'on devinait un lit, une table de chevet et un bureau où fumait une cigarette dans un cendrier. En second plan, des volutes de fumée donnaient vie à un décor de carte à gratter. La tête légèrement baissée, la bouche et les yeux clos, plongée dans ce qui évoquait une prière, elle ressemblait à une aveugle qui cherche la lumière du bout des doigts. Le titre choisi par la revue décrivait ce qu'elle avait aussi été pour moi: *Une présence météorique*. Et j'ai revu le visage de Mickie s'animer, celui sous la lumière des projecteurs consigné sur Youtube. Ses lèvres bougeaient, énigmatiques comme celles des actrices du cinéma muet. Son cœur battait anormalement vite, en permanence, symptôme d'une anomalie cardiaque détectée à son plus jeune âge. Parfois des pointes affolantes l'amenaient au bord de l'évanouissement quand des émotions la submergeaient et qu'elle luttait avec force pour que rien ne paraisse. Son visage s'est cristallisé. Elle était pour toujours, depuis sa disparition, une représentation à la fois fantôme et sacrée. Mickie a occupé une place dont il n'existe pas de mot pour la décrire.

Quand j'ai pris ma douche, un peu plus tard dans mon appartement, la tête appuyée sur la porte vitrée, j'ai observé les lignes de la céramique du plancher de la salle de bain qui n'étaient plus parallèles, mais courbes, tronquées par l'effet de la buée. J'ai pensé que tout était une question de perspective dans la vie et que j'étais soumis à cette aléatoire réalité.

Quelques jours plus tard, après avoir mis des parenthèses à ma vie, j'ai pris l'avion pour Paris. J'étais bien conscient que cela ressemblait à une fuite, une sorte de réaction adolescente proche du déni.

Mes parents n'ont jamais su dire au revoir. Ils n'ont jamais su trouver les mots et les gestes appropriés à la situation. Entre autres nombreuses petites habitudes qui constellaient le quotidien de leur couple, ils avaient ceci en commun qu'ils n'étaient pas doués pour les départs. Leurs accolades étaient maladroites et leurs sourires un peu atrophiés. En fuyant le malaise qui reflétait leur peine, ils l'accentuaient davantage me faisant redouter cet instant auquel je n'avais pas le droit de me soustraire.

C'est pourtant eux, et à ma demande qui m'ont laissé à l'aéroport Pierre Elliott Trudeau en fin d'après-midi. Ils m'ont serré dans leurs bras comme ils ne l'avaient pas fait depuis ce voyage scolaire en Colombie-Britannique, quand j'avais quitté le nid familial pour la première fois. Dans leur étreinte, ils m'ont transmis un peu de leur angoisse et de leur tristesse de me voir partir comme ça, à contre-courant de ma propre vie.

Dans l'aérogare où j'attendais mon vol, c'est à mon grand-père paternel que j'ai pensé, à cet homme à qui je n'avais pas parlé depuis de nombreuses années. J'ai revu son regard bleu profond qui me fascinait quand j'étais enfant. Alors que la vieillesse avait détruit son corps, ses yeux étaient demeurés identiques aux souvenirs de mon enfance, à la fois splendides et intimidants. Assis sur son fauteuil dans le salon, les lunettes épaisses sur le bout de son nez, il lisait le *Figaro* tandis que nous attendions le goûter, ma sœur et moi. Il s'impatientait de nous voir gigoter, notre enfance débordante et affamée l'irritant au plus haut point. Un seul coup d'œil dans notre direction nous figeait sur place. Le bleu magnifique devenait alors une menace d'acier, froide et dépourvue de tendresse. Comme tout enfant qui ne conçoit pas l'absence d'amour, j'attendais un geste délicat de sa part, un sourire qui m'aurait enflammé le cœur. Je rêvais d'aventures qu'il aurait pu nous raconter, celles d'un temps révolu et mystérieux, en noir et blanc, où la guerre, les histoires de chasse et de chevaux s'étaient un jour reflétées dans ses yeux limpides. Mais rien ne sortait jamais de sa bouche, ou seulement au compte-gouttes, bien plus tard, alors que la vieillesse avait un peu adouci son regard et que je n'étais plus un enfant pour m'en émerveiller. Ma grand-mère m'a confessé un jour, peut-être pour le rachat de son âme, combien lui-même avait souffert de l'absence d'amour dans sa famille, où les « je t'aime » étaient proscrits, car révélant beaucoup trop la faiblesse de caractère. Elle m'avait rapporté une anecdote lointaine qui décrivait assez bien l'atmosphère qui régnait sur son enfance. Alors qu'il participait à la rénovation de la maison familiale avec ses frères et sœurs, il avait reçu de la chaux dans les yeux. Devant ses pleurs et ses cris de douleur, ses parents lui avaient ordonné de cesser ses pleurnicheries et l'avaient sommé de se rincer les yeux et de se remettre à la tâche comme les autres.

Âgé de 91 ans, il avait eu le temps de voir mourir tous les membres de sa famille, se refermant toujours plus à chaque décès, ne se présentant même pas aux funérailles du dernier de ses frères, du dernier de son sang. Que se passait-il lorsque le soir, aux derniers moments de sa vie, il revoyait les visages de ceux qu'il avait perdus à jamais? Laissait-il enfin sortir cet amour qu'il n'avait jamais manifesté? Laissait-il la chaleur de ses souvenirs lui réchauffer ce qui lui restait de son corps?

Lorsque les après-midi étaient trop longues à son goût, il nous faisait nettoyer les nombreux trophées de concours équestres qui trônaient sur les étagères de son bureau aux côtés des images de chevaux. Il supervisait l'opération de près, répétant ses mises en garde avec impatience. À cette époque, celle où l'on ne comprend pas encore le cœur des hommes, je n'avais pas réalisé que nulle part dans cet espace qui lui était réservé, on ne trouvait de portraits des membres de sa famille. Mais j'avais compris que pour exister à ses yeux il fallait partager plus que d'aléatoires liens du sang, mais aussi la même passion dévorante pour enfin être digne d'intérêt.

Au lendemain de ses 90 ans, un AVC l'avait laissé paralysé. Celui qui s'éteindrait probablement seul m'avait légué cette difficulté d'aimer, cette maladresse que certains auraient qualifié d'handicap.

Mon oncle avait pris une photo de lui après son accident, le jour de son retour de l'hôpital. Il était décharné, édenté et avait la fragilité d'un nourrisson qui vient de naître. L'homme distingué, sosie de Paul Newman, avait été lessivé par la vie qui n'en avait laissé qu'un vague souvenir, fade et cruel ersatz à la mémoire. Mais le bleu de ses yeux était le même que celui de mes souvenirs. Je savais aussi que lorsque ma grand-mère nous appellerait pour nous annoncer son décès, je ne verserais pas une larme. Je ressentirais tout cela comme un terrible acte manqué. Je me souviendrais alors du jour de mes 10 ans et des bougies sur mon gâteau d'anniversaire qui brillaient dans mes yeux. Assis autour de la table de la cuisine, à côté des cadeaux emballés, il avait eu ces mots pour moi :

-Allez souffle Oskar, que l'on puisse enfin manger ce gâteau… Et n'oublie pas que tu entres aujourd'hui dans un âge à deux chiffres dont tu ne sortiras jamais!
Puis, il avait conclu, comme il le faisait souvent, avec une locution latine, vestige de son éducation classique inculquée avec rudesse par des prêtres maristes, qu'il avait traduit ensuite avec une certaine

satisfaction: *Absit reverentia vero* (Ne craignons pas de dire la vérité !).

Il avait jeté comme cela une vérité froide sur la poésie d'un petit garçon de 10 ans. Quelques mois plus tard, alors que la fratrie se disputait des miettes d'héritage anticipé, mon père avait ramené chez nous des photos de ses parents entre lesquelles s'étaient glissées plusieurs lettres échangées 50 ans auparavant. J'avais découvert beaucoup de tendresse et d'amour dans les mots qu'il avait écrits à sa femme. Je n'ai jamais su ce qu'était devenu cet homme qui avait écrit:

-Je t'embrasse ma petite femme et je m'ennuie de nos siestes l'après-midi…
Ton petit mari qui se languit de toi.
André

À la naissance de la première fille de ma sœur, j'avais épié le regard de mon père posé sur sa petite-fille dans la chambre de la maternité. J'espérais y trouver l'amour que j'avais tant cherché dans les yeux de mon grand-père qui était passé à coté de moi et m'avait manqué. J'ai aperçu cette petite lueur naissante, et cela m'a réconforté.

Amélie m'avait dit un jour que ce qui me plaisait le plus dans notre histoire, c'était l'amour qu'elle me portait, qu'il n'y avait pas de réciprocité, que j'étais incapable d'aimer les gens parce que je refusais l'ouverture que cela nécessitait, le risque qu'il fallait prendre. Étais-je passé à côté d'elle sans la voir? Le hasard a voulu que, le jour de mon départ pour Paris, elle m'ait envoyé un message alors que je n'avais pas eu de ses nouvelles depuis plusieurs mois. Notre rupture l'ayant laissée exsangue, nos contacts étaient devenus exceptionnels. Les messages que nous nous échangions étaient laconiques, empreints de ressentiments non exprimés et de souvenirs d'actes manqués pénibles. Mais celui-ci était différent. Elle me demandait simplement si j'étais heureux et elle m'embrassait. Je l'ai interprété comme un adieu, comme une main qui desserre son étreinte pour une nouvelle vie. Ce message était douloureux et à lui seul chargé de souvenirs communs qui se dissipaient ainsi dans l'espace. J'ai refermé ma messagerie et j'ai songé aux paroles d'une chanson de Bashung. Elles résonnaient à mes oreilles comme un sanglot qui m'était destiné.

C'est à tout cela que j'ai pensé pendant le décollage. J'ai fermé les yeux et j'ai pleuré. Pour mon grand-père, pour Amélie, pour tout ce qui m'avait amené à bord de cet avion.

Sous mes pieds, Montréal disparaissait dans une nuit chaude de septembre. Des bateaux remontaient le Saint-Laurent et leurs sillages dessinaient des flèches qui s'effaçaient avant d'atteindre les berges. L'avion a entrepris un virage à l'est tandis que la tour du stade olympique pointait vers le sud.

3

En fin de matinée, Paris est apparu à mon hublot après une descente à travers un épais tapis de nuages qui a fait frissonner la carlingue du Boeing 737. Un crachin discret se déversait sur la Ville Lumière et en ternissait un peu l'éclat. Dans l'aérogare transitaient des êtres hagards, des voyageurs anonymes à la chair pétrie par des heures d'immobilité. Cette foule hétérogène et polyglotte qui s'éparpillait tous azimuts m'a transporté d'un bout à l'autre de l'aéroport. Docile, je me suis laissé porter par son murmure. Ici, un groupe d'Allemands en shorts et chaussures de marche attendait patiemment les bagages qui tournaient sur le carrousel. Là-bas, un couple enlacé ne parvenait pas à se détacher, l'imminence de l'éloignement les déchirant douloureusement. Ils ne voyaient pas la foule qui les frôlait, qui les enveloppait. Pour tout le monde, ce matin-là, ils faisaient corps avec l'aérogare, et rien ni personne ne semblait en mesure de les soustraire l'un à l'autre.

Devant les portes du terminal, les fumeurs se délectaient de cigarettes après des heures de sevrage forcé. Les visages s'éclairaient après chaque bouffée de tabac, et la nervosité se dissipait à mesure que les cigarettes se consumaient et libéraient leur nicotine dans des organismes esclaves. On s'échangeait des briquets et on se crachait la fumée dans le visage avec ravissement. Derrière ce nuage bleuté, les taxis défilaient avec agressivité, transportant des voyageurs cernés, rompus par l'exigüité des avions low cost. Tandis que le ciel déversait maintenant une pluie continue sur le dos des êtres las de fatigue et de jet-lag, des hommes et des femmes oubliaient leur civisme pour se précipiter sur le premier taxi venu. Des mots menaçants s'échangeaient, des insultes même pour le confort d'une banquette de moleskine qui les éloignerait de cet univers abscons.

Quant à moi, j'ai récupéré non loin de là la voiture que j'avais louée pour le mois. Une hôtesse en tailleur et talons hauts m'attendait au kiosque de l'agence.

- Bonjour! Vous êtes Oskar Vialens? me demanda-t-elle sur un ton un peu ferme que le stress d'une journée chargée impose.

Elle m'a fait signer des papiers d'assurance et un contrat de location, puis elle m'a remis les clés après avoir inspecté devant moi l'état du véhicule sans lâcher son téléphone des mains. Légèrement boudinée dans sa jupe de tailleur un peu trop courte, elle avait les lèvres ourlées et peintes en rouge, le visage fardé exagérément pour cacher une acné juvénile qui avait laissé des marques disgracieuses. Les cheveux noirs tirés en arrière, elle n'était pas dénuée de charme mais on devinait à ses mouvements nerveux et à son regard fuyant, l'assurance qui lui faisait défaut. Tandis qu'elle me lisait les clauses exhaustives du contrat, j'ai tenté d'imaginer à quoi pouvait ressembler sa vie, le soir venu, quand le fard disparaissait sur les cotons démaquillants et que le tailleur étroit glissait le long de ses jambes. Elle habitait peut-être un appartement d'une tour de banlieue grise. Elle cohabitait surement avec un chat, s'étendait sur un sofa suédois et mangeait devant des émissions de variété réconfortantes. Elle prenait un bain chaud en fixant le plafond sans vraiment écouter la musique qui sortait de son Mp3. Elle écrivait des commentaires sur les activités de ses amis Facebook, en plaçant quelques « j'aime » ici et là qui ressemblaient à une preuve de vie. Puis la fin de semaine, elle sortait avec des amies célibataires. Elle avait peut-être 30 ans. Elle attendait l'amour, le cherchait dans tous les recoins de son existence, dont les bars et les discothèques où parfois elle se collait à quelque corps étranger, mais chaleureux. Elle ramenait des hommes dans son appartement, des partenaires éphémères avec lesquels elle faisait l'amour. Parfois, elle s'endormait éperdument lovée contre le corps de celui qui avait fait revivre sa chair endormie. Elle voulait y croire, même lorsque le téléphone se faisait silencieux, le lendemain, lorsqu'il avait ramassé ses affaires, rattaché sa lourde montre à son poignet, s'était rhabillé et avait fermé la porte très doucement derrière lui. Elle l'écrivait dans son journal intime en évoquant la rencontre, la possibilité que celui-ci soit le bon. Puis elle refermait le carnet, s'ouvrait une bouteille de vin et buvait seule devant la télévision. Elle surveillait le moindre message sur son téléphone, le moindre texto de celui qu'elle avait accueilli dans son sexe avec chaleur. Le chat sur son ventre ronronnait au rythme de sa respiration. Elle lui parlait comme on parle à un colocataire. Elle lui prêtait des émotions, un caractère, une humanité. Le temps passait comme ça, très vite. Un jour, elle aurait 40 ans et cela la terrifiait. L'alcool l'aidait à ne pas sombrer trop vite, surtout les soirs où le rire pré-coïtal de sa voisine traversait l'isolation des murs qui séparaient leurs appartements. Elle l'entendait rire comme on jouit, quand sa porte s'ouvrait sur le plaisir insouciant de sa jeunesse. Elle imaginait son corps vigoureux, aux innombrables points de plaisir dont le centre prenait racine dans son sexe. Elle lui enviait la légèreté qu'elle n'avait jamais eue et évitait le plus possible de la croiser dans les escaliers.

Quand elle eut terminé la lecture du contrat, elle m'a serré la main en me souhaitant un bon séjour en France. J'ai réalisé que j'étais devenu un étranger dans ce pays que j'avais quitté 20 ans plus tôt, après le choix de mon père de changer de vie pour s'expatrier au Québec. Il ne restait de mes origines qu'un léger accent et un passeport pour en faire foi.

4

J'ai passé la première nuit sur le continent, non loin de Paris, dans un hôtel bon marché construit sur le bord d'une autoroute. Le personnel de l'hôtel se résumait à l'hôtesse d'accueil et à un gardien de sécurité. Depuis ma chambre, j'entendais le bruit incessant des automobiles qui filaient à toute allure sur la voie express. Sur les murs, une reproduction de la tour Eiffel et une photo vue du ciel de l'Île Saint-Louis tentaient de convaincre le touriste que, malgré les apparences, c'était bien la Ville Lumière qui était là-bas, un peu plus loin, de l'autre côté du périphérique. La chambre avait la laideur des banlieues construites trop vite sans souci d'esthétisme, au nom du pratico-pratique, pour accueillir les vagues de main-d'œuvre étrangère que les Trente Glorieuses et le plein emploi avaient charriées en périphérie des grandes villes françaises. Cela sentait le drap propre aseptisé et le déodorant bon marché. Depuis la fenêtre de la chambre où ruisselait une pluie fine, je voyais le stationnement où j'avais garé l'automobile qui m'amènerait à une destination encore inconnue. Seul et fatigué, j'ai eu un moment d'angoisse. Je ne reconnaissais pas ce pays où j'étais né et il m'a semblé que je n'y serais plus jamais chez moi. Je n'ai pas beaucoup dormi cette nuit-là et je me suis abruti de longues heures devant les programmes de nuit de la télévision française. J'ai connecté mon portable au wi-fi de l'hôtel et j'ai ouvert ma messagerie. J'ai entrepris de répondre à Amélie et je lui ai écrit plusieurs messages sans trouver le ton ni les bons mots. J'ai finalement écrit que je m'excusais pour tout, que je n'avais été qu'approximatif avec elle, adoptant une insouciance trop délétère. Je ne lui ai rien dit de mes choix des derniers jours et de ma décision de quitter mon emploi.

Dans le lit aux draps rugueux, en attendant que le sommeil vienne à bout du jetlag, j'ai pensé aux noctambules du tableau d'Edward Hopper et à cette exposition qui m'avait tant plu quelques années auparavant. Selon Amélie, l'homme de dos assis au bar attendait une femme qui avait compté et qui ne viendrait pas. Amélie me tenait le bras, et nous regardions dans la même direction. Le temps avait passé très vite.

La migraine ophtalmique qui m'écrasait les tempes depuis des heures a fini par m'accorder un peu de répit et je me suis endormi. Et j'ai fait un rêve dont j'ai eu du mal à me détacher le lendemain matin. Il m'avait laissé des images très nettes et il a fallu que j'en consigne le récit dans mon petit carnet à spirales pour en conjurer le sort. Je me voyais déambuler dans un espace désertique, enchâssé entre la mer et des montagnes pelées, battues par les vents. Des chiens errants au dos couvert de cicatrices m'accompagnaient du regard, l'œil méfiant. Couchés sous des palétuviers pourrissants, ils recherchaient les ombres rares dans ce pays de feu où la vie était fragile et sur lequel ils régnaient. J'y errais lentement, menacé par des scorpions qui cherchaient la plante de mes pieds nus. Le moteur de ma voiture avait rendu l'âme, et j'étais prisonnier de cet espace hostile. Je longeais une côte où les vagues s'échouaient à mes pieds, charriant des détritus et des carcasses d'animaux. Puis, le visage posé sur le sable brûlant strié par les ombres des agaves en fin de vie, le regard sur les fleurs portées toujours plus haut par des tiges démesurées, j'ai senti mon corps m'échapper, mes organes cesser de fonctionner. Un vieil homme est venu à ma rencontre. Il m'a souri et m'a demandé pardon.

Amélie s'était toujours intéressée aux rêves et à leur signification. Je souriais, quand à son réveil, elle courait à moitié nue consulter son encyclopédie avant que le rêve ne s'efface et ne lui file entre les doigts. Pour moi, c'était un réflexe entomologique, un insecte que l'on épingle dans une boîte vitrée afin d'en extraire le plus quelconque des secrets. Le paysage de ce rêve était celui d'un voyage que nous avions fait tous les deux quelques années auparavant. Un voyage d'amoureux qui, pourtant, nous avait éloignés l'un de l'autre de façon définitive, sans que nous le sachions alors. Nous avions passé quelques jours seuls, tous les deux sur les bords d'une plage, face au soleil et à la mer. Mais pour la première fois, le silence s'était installé entre nous, imposé par le vent du large. Nous avions marché longtemps, chaque jour, sur la plage qui avait connu jadis d'horribles massacres. Les habitants de la région évoquaient encore les vagues de sang de leurs ancêtres qui étaient venues s'échouer sur le sable un jour noir de l'histoire coloniale. J'avais ressenti ces promenades comme une profanation, un acte qui nous porterait malheur. J'avais eu peur que des sorts nous soient jetés par des esprits humiliés une deuxième fois.

5

Le lendemain matin de mon arrivée, je me suis installé au volant de la Golf et j'ai pris l'autoroute direction sud pour le centre de la France. J'avais besoin de route, de mouvement, de repenser aux décisions que j'avais prises ces dernières semaines et qui avaient donné un virage à ma vie dont j'ignorais l'issue. Quelques jours avant mon départ, j'ai quitté mon emploi d'enseignant dans une école privée après dix années de services et j'ai remis ma démission à mon directeur qui l'a acceptée en soupirant, incrédule. J'ai quitté ce métier dans lequel chaque cours était devenu une représentation mécanique et répétitive où je m'employais à être quelqu'un d'autre. Pendant dix ans, j'ai vécu au contact d'adolescents qui me rappelaient cruellement que le temps passait pour moi. Chaque année scolaire qui débutait, je vieillissais tandis que devant moi, une même jeunesse renouvelée se tenait droite et insolente. Une distance entre nous s'était installée et il me semblait que je n'arrivais plus à les atteindre, que le lien s'était dénoué.

J'ai été un être mégalo qui vit à travers les mots des autres, qui transmet et applique un mode opératoire sans surprise. J'ai voté, placé de l'argent, fait du sport, voyagé au Mexique, pratiqué la randonnée, passé des fins de semaine dans un chalet. J'ai appris avec le temps à donner mon cours tout en regardant par la fenêtre le vent agiter les feuilles des érables. J'ai vécu comme on fait la sieste et bu tous les jours une demi-bouteille de vin blanc. J'ai été un alcoolique raisonnable qui respecte le plus possible la posologie suggérée par une société qui exècre les abus et condamne les faibles.

Quelques mois avant mon départ, la direction m'avait proposé le bureau de M. Morand, parti à la retraite après 37 ans de service.

Comme beaucoup de mes collègues, j'ai réalisé que son état psychologique avait frôlé la démence les dernières années lorsque j'ai découvert, dans le fond d'une filière de métal qu'il avait négligé de débarrasser, une chemise de papier qui contenait des années de résumés de réunions de personnel. Les premières pages remontaient à la fin des années 80 où il avait colligé méthodiquement les points à l'ordre du jour, démontrant un souci réel de l'exactitude et du détail. C'est à partir de l'année 2007 qu'il avait pris l'habitude de commenter les propos de ses collègues qu'il gratifiait de commentaires dévastateurs. Les dernières années, Monsieur Morand avait ciblé une enseignante de mathématique dans la trentaine, maman de jeunes enfants, obligatoirement mal baisée dont il imaginait le corps dévasté par les grossesses à répétition. Il passait en revue les détails physiques qui avaient gâté sa féminité et repoussé un mari qui fermait les yeux quand il l'honorait de son devoir conjugal, trois samedis par mois. Il lui souhaitait un *burn-out* qui éclaterait en pleine salle de classe, dans une crise de larmes incontrôlable qui la discréditerait à jamais auprès de ses élèves, des êtres méchants et cruels en mal de curée dans un établissement privé où les distractions du genre étaient trop rares. La calligraphie avait elle aussi changé à partir de cette année 2007, adoptant des angles pointus, des courbes disgracieuses, penchant tantôt à droite, tantôt à gauche, révélant une fragilité psychologique inquiétante. Elle trahissait sa folie et se faisait le miroir d'une âme lessivée, insensible aux émotions de son espèce. Monsieur Morand terminait chacune des réunions par des phrases étranges, confirmant le point de non-retour qu'il avait franchi, pas après pas, méticuleusement. Au printemps 2013, quelques mois avant son départ en retraite, il avait écrit cette phrase qui est restée longtemps dans mon esprit, ressurgissant constamment pour rappeler le malaise qu'elle avait suscité: « *Je ne serai ni l'esclave ni le maître de mon destin. Je serai bien au dessus de cela, stratégiquement absent !* »

Quand j'y ai emménagé, les murs de son bureau portaient encore les traces des photos qui lui avaient servi de décor dont celle un peu floue d'une femme improbable, peut-être la sienne, devant une auto décapotable. La mauvaise qualité du cliché évoquait une époque lointaine ou encore un montage maladroit comme l'illustration d'une existence mensongère.

Et je me suis vu à mon tour refermant les boites qui contiendraient les vestiges de ma carrière et cette image était déprimante. Derrière mes images à moi dépassaient les traces des siennes. Je n'étais pas à ma place, ça ne faisait aucun doute.

J'ai envisagé pour la première fois de quitter mon emploi lors de la dernière rencontre parents/éducateurs l'année scolaire précédente, où j'ai dû comme toujours écouter des parents me faire l'éloge de leurs enfants malgré des résultats catastrophiques et des comportements inacceptables. J'avais rencontré des parents dépassés par des enfants paresseux, des mères monoparentales aigries qui se servaient de leur statut pour excuser le comportement de leur enfant. Chacun se dédouanait de la médiocrité de sa progéniture et sous-entendait que j'avais ma part de responsabilité dans cet échec. Je leur donnais raison. Je leur disais ce qu'ils voulaient entendre.

Les *Vins et fromages* organisés par le comité social qui suivaient ces rencontres nous faisaient oublier tout ça. Les bouteilles se vidaient rapidement, et l'atmosphère se détendait tandis que des rires fatigués perçaient le salon des éducateurs. Les profs réunis en petits îlots faisaient le compte-rendu d'une soirée parfois surréaliste. Les plus vieux s'empiffraient en ne pensant qu'à retrouver leur canapé où ils se vautreraient un peu abrutis, alors que les plus jeunes tentaient des rapprochements et essayaient d'êtres drôles et brillants en dégustant des verres de vin rouge tout en évoquant des cépages raffinés. Dans mon coin, je buvais tout ce qui me tombait sous la main et j'observais ma médiocrité à travers celle de mes collègues. Ils échappaient du vin sur leurs cravates dénouées et filaient leurs bas sous leurs tailleurs en riant aux blagues salaces qui fusaient. Certains enlevaient leur alliance après le deuxième verre et soufflaient leur haleine de Beaujolais trop près du nez de profs de maths psychorigides que des parents odieux avaient maltraitées toute la soirée. Le tableau vivant qu'ils m'offraient était d'une laideur consternante, et il devenait évident que je devais le fuir avant d'y avoir parfaitement ma place. Avant qu'il ne soit trop tard.

J'ai employé les jours qui ont suivi ma démission à expliquer à mes proches ce qui leur apparaissait comme une décision prise sur un coup de tête. Ma sœur, elle-même consommatrice invétérée d'anxiolytiques, a évoqué le burn-out, la crise existentielle. Mes parents ne comprenaient pas comment j'avais pu quitter un bon emploi et renoncer à trois mois de vacances, un bon fonds de pension et des avantages sociaux appréciables, eux qui avaient trimé dur toute leur vie et flirtaient encore avec la précarité.

-Tu risques de le regretter, Oskar. Et ce jour-là, il sera trop tard, avait moralisé mon père en fumant nerveusement sa cigarette. Ma mère, quant à elle, avait angoissé intérieurement sans rien laisser paraitre, comme d'habitude, se contentant de soupirer en prononçant mon prénom.

Aux yeux de mes amis, je traversais un mauvais cycle. Ils avaient presque pitié de moi. Je crois que la cassure est devenue profonde entre nous à ce moment-là. Non pas que soudainement je ne les aimais plus, mais parce que nos vies jusque-là semblables, s'éloignaient, la mienne partant à la dérive selon une logique irréversible et ordinaire. À leurs yeux, j'étais redevenu un enfant qui s'est trompé mais qui apprendrait de ses erreurs, qui retrouverait le droit chemin.

6

J'ignorais ce que j'étais venu faire dans ce pays que j'avais quitté peut-être depuis trop longtemps. J'ai ressenti un appel de la maison où j'avais grandi, plantée là-bas au milieu de la campagne auvergnate. Elle était à quelques centaines de kilomètres de cette banlieue momifiée, dans les plaines de la Limagne, vaste étendue humide aux terres glaiseuses qui prenait racine aux pieds du Massif Central. Lors des longs hivers sans neige, elle se perdait souvent dans des brumes épaisses.

Le jour où nous avions refermé la porte de la maison pour la dernière fois, j'en avais fait le tour seul. Mes pieds faisaient craquer les planchers, et le bruit résonnait entre les murs, dans un espace vide et dépossédé de ses habitants. Je me souviens avoir regardé chaque recoin et m'être imprégné de ses odeurs tandis que les souvenirs se précipitaient. J'avais regardé longuement à travers la fenêtre de ma chambre ce paysage sur lequel, au loin, se profilaient des montagnes. Avec le doigt, j'avais dessiné des visages invisibles sur le carreau de la fenêtre, comme je le faisais étant enfant. Puis j'avais refermé la porte de la chambre, descendu les 28 marches des deux paliers d'escalier et j'étais parti avec une clé dans ma poche que j'ai un jour lancé dans les eaux épaisses du fleuve Saint Laurent en pleine débâcle. Notre voisin, un paysan natif de la région, avait racheté la propriété pour cultiver la terre et loger ses filles dans la maison. La demeure avait changé de mains et ne serait plus jamais la même.

Sur l'autoroute déroulaient en alternance des paysages de campagnes profondes et des villes exigües enchâssées dans des zones industrielles tentaculaires. J'avais fait ce trajet si souvent dans les deux sens, lorsqu'enfant, deux fois par année, nous allions rendre visite à mes grands-parents paternels qui habitaient une banlieue cossue de Paris. Mon grand-père, un industriel qui avait fait fortune dans les équarrissages, habitait une maison luxueuse, mais sans chaleur, assez grande pour accueillir une famille nombreuse. Nous y passions chaque année une semaine à Noël et une semaine en août. J'aimais ces voyages en automobile à travers la France, le départ au petit matin lorsque l'aurore dissipe lentement la nuit. On s'arrêtait dans un café pour le petit déjeuner. On s'installait au comptoir entre des routiers qui parlaient fort et s'enveloppaient de tabac brun. Papa nous payait des croissants et un chocolat chaud, un magnifique chocolat chaud qui avait les saveurs que je n'ai retrouvé nulle part, peut-être parce que je l'associais à ce périple. À notre arrivée, ma grand-mère nous couvrait de baisers et de câlins, ma sœur et moi, et grand-père, tout en retenue, passait sa main dans nos cheveux en souriant. La semaine s'écoulait entre les rires de ma grand-mère qui détonnaient avec la froideur que nous réservait notre grand-père. Il traitait mon père comme un employé, lui demandant des comptes rendus serrés de l'état de la maison et de la ferme qu'il lui avait léguées à son départ pour la région parisienne. Durant les repas, ils parlaient de chiffres, d'emprunts, de rendements, de récoltes et mon grand-père, insatisfait, n'avait jamais de bons mots pour mon père. Papa finissait par capituler, honteux d'être si mal traité devant ses propres enfants. Lorsque ses propos devenaient trop désobligeants, ma grand-mère se levait en souriant pour briser la tension, le visage empourpré par la gêne, et tentait avec de vagues murmures d'adoucir les invectives de mon grand-père qui, lui, la rabrouait sèchement. Le repas terminé, il se levait, laissant à ma grand-mère le soin de débarrasser la table. Il s'asseyait alors dans son fauteuil devant la télé, nous prenant parfois sur ses genoux et jouant le rôle du grand-père aimant. Mais il se lassait vite de nous. Notre énergie vitale l'épuisait, et cela le rendait irritable. À notre départ, il dissimulait maladroitement son soulagement.

Lorsque l'adolescence s'est emparée de nous, que nos corps ont changé et effacé les dernières traces de notre enfance, nous n'étions plus à ses yeux que de banals adultes en devenir, ceux qu'il avait dirigés toute sa vie d'une main de fer, le plus souvent sans considération. L'enfance étant le seul état qui l'émouvait encore un peu, nous n'avions plus d'intérêt à ses yeux. Nous le privions, bien malgré nous, de ce retour dans l'innocence qu'il avait quittée peut-être trop tôt pour subvenir aux besoins de ses parents, de très modestes paysans au visage rude, à une époque où la guerre se faisait tous les 20 ans, comme la nécessité collective d'une saignée démographique. Puis le désintérêt avait laissé la place à la méchanceté, celle qu'il avait réservée jusque-là à ses enfants. Mon père avait vécu le même revirement de comportement, au même âge, le même abandon qui l'avait laissé orphelin et qu'il ne s'expliquait toujours pas. Il n'avait hérité de lui que son nez aquilin et ses cheveux noir corbeau. J'ai longtemps remercié cette génétique arbitraire.

C'est cet homme-là, ce grand-père acariâtre qui avait bâti la maison où j'ai grandi. Il l'avait habitée quelques années, puis il y avait installé mon père, malgré lui, pour qu'il y cultive la terre, le privant ainsi de ses rêves de devenir vétérinaire, tandis que lui avait quitté la région pour une retraite paisible en banlieue parisienne. Mais nous y avions été heureux, du moins, cela y ressemblait, malgré les exigences du métier d'agriculteur, les fins de mois difficiles et les aléas météorologiques parfois dévastateurs. Il y avait des parfums de confitures et de feux de cheminée dans la maison. Au printemps, les lilas embaumaient le rez-de-chaussée, l'été, les cerisiers croulaient sous les fruits qui nous tachaient les doigts et, à l'automne, ma mère faisait griller des châtaignes que nous ramassions sur les sentiers qui quadrillaient le domaine.

Après cinq heures de route, je suis arrivé dans la ville où j'avais grandi. J'ai stationné l'auto devant l'hôtel de la gare. La façade n'avait pas été ravalée depuis des décennies, et le crépi tombait en lambeaux. J'ai loué une chambre pour 50 euros la nuit, puis j'ai déambulé dans les rues silencieuses, celles-là mêmes où je courais si souvent, dans une autre vie. Il m'a semblé croiser des fantômes, des visages connus, vieillis, qui me renvoyaient à ma quarantaine approchant. Le temps avait effacé les noms. Sur la place de l'église, les portes du PMU étaient ouvertes. Quelques notes de musiques s'en échappaient, masquées par les conversations. J'ai pris place à une table sous l'écran qui diffusait les résultats mis à jour d'une loterie instantanée, à côté d'un jukebox qui collectionnait des titres des années 90 et 2000. Derrière le zinc, le même homme que 20 ans plus tôt, un ancien pilier de l'équipe locale de rugby qui était jadis le roi de la troisième mi-temps, le visage maintenant buriné par l'alcool. Il m'a demandé ce qu'il pouvait me servir et je lui ai commandé un café. Il a déposé devant moi un expresso dans sa soucoupe après avoir passé un rapide coup de linge humide sur la table. Il ne m'a pas reconnu, bien sûr. À l'époque, j'étais un jeune homme maigre et chevelu qui se déplaçait en meute lors d'après-midi d'école buissonnière où notre jeunesse extravagante découvrait les délices de l'alcool. Au comptoir, deux habitués marmonnaient des propos incohérents, le nez collé au ballon de rouge qui se vidait trop vite. À 20 heures, le propriétaire a passé le balai sans ménagement pour les derniers clients et annoncé qu'il fermait ses portes et qu'il était maintenant temps de partir. Les deux habitués sont descendus de leur tabouret sans broncher en s'accrochant au zinc. Titubants et grimaçants, ils ont zigzagué jusqu'à la porte et sont partis chacun de leur côté, vers de sinistres foyers où la solitude les attendait de pied ferme. Je leur ai emboîté le pas et je me suis dirigé vers l'hôtel de la gare dans la nuit qui dégringolait.

J'ai marché dans les ruelles sombres où subsistaient encore un peu les traces de la vieille ville et j'ai débouché sur la rue de l'Enfer, au pied de ce qui avait été la porte de l'enceinte. Et je ne sais pas pourquoi j'ai ressenti la peur qui m'avait saisi à l'âge de cinq ans, au moment où j'avais réalisé brutalement que l'être humain était une espèce mortelle. J'étais, avec la déformation du temps, le spectateur de cet instant, marchant sur un petit sentier en arrière de la ferme familiale. J'avais exploré un petit ruisseau qui traversait les terres de mes parents. Je m'étais émerveillé des traces laissées sur les petits rivages de boue par les rats musqués. J'avais trempé mes pieds dans cette eau froide que les arbousiers abritaient du soleil là où, parfois, ma grand-mère déposait des nasses et je m'étais écorché le corps sur les ronces chargées de mûres au cœur de l`été. Je savais que ma mère attendait mon retour à la maison, la permission qu'elle m'avait donnée arrivant à son terme. Coupant à travers les chaumes depuis le sentier, j'avais touché mon crâne qui me démangeait. Sous les cheveux collés par la sueur, mes doigts avaient touché des bosses. Je n'avais pas pensé aux piqures d'insectes ni aux épines des ronces. J'avais pensé à la maladie, à la mort, un concept alors totalement abstrait, mais que j'avais associé pour la première fois à la peur, profonde et intense. J'avais cinq ans. J'ai su à ce moment qu'un jour j'allais mourir et les autres êtres humains qui composaient mon univers également. Cette peur était physique, saisissante. Puis elle est partie, l'échéance me semblant encore tellement improbable et lointaine, mais pourtant installée en moi par un compte à rebours que mon esprit d'enfant venait de déclencher. J'avais couru dans les chaumes qui piquaient mes chevilles sous un ciel sans nuages traversé de sillons de fumée que de minuscules avions avaient tracés. À l'autre bout de mon univers de garçonnet, la grande maison m'attendait avec, à l'intérieur, ma mère, la reine de ce royaume.

Je n'ai pas eu le courage le soir même d'aller voir la maison, et de faire face au passé et à ses émotions surannées. Je suis resté dans ma chambre après avoir acheté une bouteille de vin blanc au petit bar de l'hôtel. J'ai bu quelques verres avec le seul souci de m'enivrer pour trouver le sommeil. Je souhaitais une fin de soirée légère, assommée par l'alcool bon marché, misant sur les qualités abrutissantes du vin blanc et sur ma constitution sensible à ses vertus. La télévision allumée, je me suis irradié d'ondes cathodiques insipides tandis que le vin blanc s'infiltrait dans mes veines, m'enfonçant dans la moiteur de la chambre presque mortuaire, en tout cas trop peu visitée et pas assez pétrie par les corps rompus et les amours interdites.

J'ai ouvert ma messagerie sur mon portable. Deux courriels m'y attendaient. Le premier de ma mère m'interrogeait sur le déroulement du vol et mon état de fatigue. Elle me questionnait sur les turbulences, la qualité de la nourriture dans l'avion, les douanes, comme elle me demandait, quand j'étais enfant, si j'avais bien fait mes devoirs et si j'avais été sage. Entre les lignes, j'ai lu son inquiétude de m'avoir vu partir comme ça, le regard sombre, pour une fuite en avant. Elle a terminé en me disant qu'elle m'embrassait et en me demandant de faire attention à moi. J'ai vu dans cette demande, plus qu'un souhait, une supplique. Un petit rappel que je n'existais pas seulement pour moi et que son bonheur était tributaire du mien.

Le deuxième message provenait d'Amélie. En fait, elle n'avait rien écrit d'autre que le titre de son message *If you're lost*, auquel elle avait simplement joint le lien d'une chanson que l'on adorait tous les deux, *Sang d'encre*, de Jean Leloup. Une preuve supplémentaire que

33

les femmes ont une espèce de sixième sens, qu'elles flairent les tempêtes et voient poindre les catastrophes sans même reluquer dans le marc de café. Tout ça m'a foutu froid dans le dos et m'a donné envie de pleurer. Pour moins que ça, au Moyen-âge, on faisait brûler des femmes sur un bûcher, dans les villages avides de bouc émissaires, quand la vie était si dure qu'il fallait bien lui trouver des sacrifiés pour se l'expliquer. La sorcière avait le dos large, coupable de ses connaissances et victime de ses instincts, toutes les peurs, les frustrations, les souffrances, les culpabilités, les vices et les péchés brûlaient avec elle. Les flammes qui leur dévoraient le corps purifiaient les âmes tourmentées sur une terre hostile où l'enfer se vivait au quotidien. Dans un contexte de désolation, un univers violent et putride rongé par les miasmes, où la médecine faisait péniblement ses premiers pas, l'inexplicable était forcément cornu! Amélie avait eu la chance de naitre quelques siècles plus tard et elle me lisait parfois comme un livre ouvert, en toute impunité. Elle était ma sorcière que j'avais fait brûler à petit feu, peut-être à cause de sentiments trop grands que j'avais fuis avec lâcheté.

J'ai bu le reste de la bouteille pour ne plus réfléchir et je suis tombé dans un sommeil agité, entrecoupé de rêves étranges. J'y faisais l'amour à Amélie. Elle riait, comme au temps de notre jeunesse, quand je la coinçais sur le lit pour des corps-à-corps musclés. Ses rires se transformaient en gémissements, nos jeux en ébats torrides. La sueur coulait sur mon front, perlait au coin de ses lèvres et donnait un goût salé aux baisers que je lui arrachais. Et puis elle a disparu sous les draps. Quand elle est réapparue, elle avait vieilli. Elle ne se souvenait plus de moi. Elle m'avait effacé de sa mémoire, comme si je n'avais jamais existé. Je me voyais dans ses yeux cataractés et j'étais vieux moi aussi. La vie nous avait filé entre les doigts. C'était triste à chialer, l'existence.

La porte d'entrée de la maison s'ouvrait à droite sur une chambre d'amis meublée aux influences rococo avec des draps fleuris et des photos de paysages africains sur les murs, tout droits sortis de magazines de géographie. Autrefois, mon père y avait son bureau avec une immense armoire, des fusils de chasse sur une étagère, des factures éparpillées sur une table et une dent d'éléphant en guise de presse papier. Sur le mur, à côté de la fenêtre était accroché un tableau représentant des ponts sur la Tamise, avec des couleurs incroyables et une lumière de feu qui se reflétait dans l'eau. Mon père avait toujours trainé cette reproduction avec lui. Je ne l'ai jamais entendu parler de peinture ni d'art en général, mais il m'avait donné le même prénom que l'auteur de cette toile pour se souvenir toujours de l'émotion qui l'avait étreint la première fois qu'il l'avait vue, dans une encyclopédie Larousse, bien longtemps avant.

À gauche, le salon. Différents meubles à différentes places. Sur le mur, on décrochait parfois le miroir, et ma mère collait un drap blanc tandis que papa préparait le projecteur 8mn. Ma sœur et moi nous asseyions par terre, surexcités à l'idée de voir ces films qui faisaient revivre un passé en noir et blanc. Papa avait 8 ans. Il jouait avec ses frères et sœurs sur le bord d'une rivière. C'était une réunion de famille. Des sourires et des rires silencieux, un pique-nique, des voitures sur lesquelles on s'appuie pour la pause avant la photo. Des aïeux aussi, dans des vêtements austères et endeuillés. Puis, un voyage en automobile, un tour de France jusqu'en Espagne. Sur les routes, des voitures d'un autre temps déambulent au ralenti. Une charrette chargée de foin tirée par un cheval. Une voiture qui roule sous le soleil d'Andalousie. Des cheveux au vent, des boucles qui battent sur le col d'un chemisier. Un homme qui marche lentement sur les trottoirs d'une petite ville assommée par le soleil. Et au loin, la Méditerranée. Mes grands-parents qui s'embrassent à Gibraltar, la caméra qui cherche l'horizon et l'Afrique, mystérieuse et inaccessible. Papa racontait, mettait des noms et des dates sur les images. Et si cela me faisait rêver, c'était aussi à cause du décor, du son de la bobine qui tournait dans la lumière de la lampe, de l'image abimée par le temps, de l'odeur du pop corn que maman faisait cuire. Ces soirées étaient rares, mais magnifiques. Et lorsque je suis entré dans le salon accompagné de monsieur Jean, le paysan qui avait acheté la maison et habitait maintenant le rez-de-chaussée, ce sont ces souvenirs qui sont réapparus. Monsieur Jean m'a autorisé à faire un tour de la maison pour la première fois depuis 20 ans. Je l'ai parcourue rapidement, secoué par l'apparition d'images exhumées. Mais je ne me suis pas attardé longtemps, conscient que, désormais, même si l'ossature était la même, la maison avait changé d'âme. Je ne suis pas monté à l'étage pour y retrouver ma chambre. Je l'imaginais transformée en petit salon ou en bibliothèque. Tandis que monsieur Jean me servait un verre de porto, je me suis souvenu de ce que j'avais écrit sur un mur, quand nous avions refait le papier peint. J'avais écrit sur le plâtre « *ceci est ma chambre et je m'appelle Oskar* », avant que maman ne pose le nouveau papier décoré de petits avions bleu que j'avais choisi.

La table de la cuisine était recouverte de miettes de pain. Monsieur Jean n'était pas porté sur le ménage et, depuis que sa femme était morte emportée par une leucémie foudroyante, il avait fait du vin rouge et du pastis, l'essentiel de sa nourriture. Ses yeux étaient rouges et chargés d'alcool. Il n'était plus jamais sobre. Les bras croisés devant son verre qu'il vidait et remplissait à un rythme appliqué, il m'a parlé de sa vie, de sa ferme, de la terre qui peut être si ingrate avec celui qui la cultive. Ses lèvres étaient humides et rougies par le vin, et ses mains tremblaient. Il avait la soixantaine et il savait que l'heure de la retraite approchait. Son corps le lui rappelait chaque matin, quand s'extirper des draps lourds devenait de plus en plus pénible. L'alcool ne l'aidait pas, bien sûr, mais sans lui, il ne fonctionnait pas de toute façon. Partout il voyait sa Micheline, celle qui avait trimé dur à ses côtés pendant 40 ans, l'amie fidèle, la compagne exemplaire, la collègue fiable. Parfois même, il se surprenait à lui parler. Il la voyait devant elle, s'affairant à la préparation de la moulée pour les poules, sifflant le chien pour qu'il arrête de courir les pintades. Il chassait ainsi les images des dernières semaines d'hôpital, des perfusions de chimio, de la peau brulée, des veines pourries, des nausées et des diarrhées, puis l'enfer du traitement protocolaire et de la lente agonie qui avait terminé de détruire celle qui, jadis, était *belle comme le printemps*. Il lui fallait se pincer pour ne pas perdre pied. Il avait peur de la folie : « Quand on est paysan, avait-il murmuré entre ses dents les yeux au fond de son verre, un couple, c'est une équipe. Tout seul, c'est pas longtemps possible… ». En l'épousant, Micheline avait épousé cette vie de labeur où il n'y a d'autres priorités que la terre et les bêtes. Quand elle avait vécu ses dernières heures dans un centre de soins palliatifs, les derniers mots qu'elle avait eus avant de sombrer dans un coma de morphine avaient été pour ses vaches : « Tu n'oublieras pas d'isoler la Martine, elle va vêler le mois prochain. Tu n'oublieras pas, dis? ». Puis il avait serré sa main, si maigre, dont la peau, autrefois si épaisse et rugueuse, était devenue fine et translucide sous l'effet de la chimio qui l'avait irradiée. Elle était morte en début d'après-midi, un jour d'octobre. Le soir même, monsieur Jean était de retour à la ferme. Dans l'étable, les vaches attendaient la pitance que Micheline leur donnait chaque jour. Elles tapaient du pied, ruaient dans les barrières, agitées par l'absence de Micheline. Monsieur Jean m'a raconté qu'il les avait nourries, puis qu'il avait isolé la Martine, comme sa femme le lui avait rappelé avant de mourir. Il avait refermé la porte de l'étable. Un vent froid s'était engouffré dans ses vêtements. Le ciel bleu acier lui annonçait un hiver rude. Trois jours plus tard, il avait enterré sa femme dans le cimetière où reposait sa famille. Et il avait pleuré pour la première fois depuis la naissance de sa fille aînée, 32 ans auparavant.

Il faisait pitié, ce monsieur Jean. Je crois que ma visite impromptue lui a fait du bien. Ses filles n'habitaient plus la région, elles ne passaient que rarement le voir, surtout depuis la mort de leur mère, et personne de la famille ne reprendrait la ferme et n'habiterait la maison. Tout cela serait vendu à un étranger. Tout le travail de leur couple disparaitrait comme ça, quand il ne serait plus capable de travailler cette terre lourde, prometteuse, mais capricieuse. L'héritage qu'il laisserait à ses filles ne serait que monétaire : « Que veux-tu Oskar, c'est comme ça. Ton père a peut-être bien fait de foutre le camp. Il ne regrette pas? ». Je lui ai répondu que non, mais je n'en savais rien. Papa ne parlait que rarement de sa vie d'avant et il s'interdisait de regarder en arrière. J'admirais sa façon d'avancer, de changer de direction en acceptant les coups d'option sans jamais s'apitoyer sur son sort.

Monsieur Jean somnolait presque. Il était 18 heures. Il devait encore soigner ses vaches, puis la journée serait terminée. Il s'est levé péniblement de sa chaise, a attrapé la bouteille de Porto qu'il ne sortait d'habitude que le dimanche après le café et il l'a rangée dans l'armoire en merisier. Dans la vitrine, des photos d'enfants aux couleurs un peu passées étaient collées. Des instants de moments heureux. Il a vissé sa casquette sur son crâne, tenté de retrouver son équilibre, puis m'a ouvert le passage jusqu'à la porte d'entrée : « Et dire que je t'ai vu grandir. Tu n'étais pas plus grand que ça sur ton vélo rouge. Toujours nu-pieds! ». On s'est serré longuement la main devant la Golf. Il m'a remercié d'être passé le voir et tout en montrant la maison de la main avec admiration il a ajouté: « Je vais continuer de bien m'en occuper, t'inquiète petit. » Je suis monté à bord de l'auto et je me suis souvenu des derniers instants passés à la maison, quand papa avait remis les clés à Monsieur Jean. L'atmosphère était lourde, chargée d'émotions retenues. Didier, l'ouvrier agricole que mon père employait depuis 15 ans, nous y attendait lui aussi. Il avait été le seul à pleurer à chaudes larmes en se cachant comme il le pouvait derrière son mouchoir brodé à son nom. Il avait mis ses plus beaux habits, peigné son épaisse tignasse rousse sur le côté et avait même astiqué sa mobylette pour en faire briller le chrome.

Il nous avait serrés dans ses bras chacun notre tour en pleurant comme un enfant et avait bredouillé ses adieux, la mort dans l'âme. Didier avait 17 ans quand mon père l'avait engagé. Il avait l'âge mental d'un enfant de 8 ou 9 ans, depuis qu'une méningite contractée dans la petite enfance lui avait laissé d'importantes séquelles. Didier était bègue. Naïf et crédule, il était la proie facile des gens mal intentionnés qu'il côtoyait dans les bars où il buvait toujours plus que de raison. Mon père passait ses lundis matin à le convaincre qu'il n'y avait jamais eu de cow-boys en Auvergne et que les bananes ne poussaient pas sur la colline qui surplombait la ville. Didier avait rapidement voué une amitié sans failles à notre famille qui l'avait pris sous son aile et lui avait offert son premier emploi. Didier était un solide gaillard, fort comme un bœuf, un peu paresseux et très maladroit. Malheureusement, il était conscient de son handicap mental. Très épris de la gente féminine qui lui refusait son cœur, il vivait d'innombrables peines d'amour impossible qu'il noyait dans l'alcool et les bagarres.

Le temps, l'espace et le discernement étaient des notions très abstraites à ses yeux. Tout comme il n'a jamais vraiment compris que le petit garçon que j'étais ne pouvait pas tout entendre. Aussi, c'est bien souvent moi qui devait le rappeler à l'ordre quand il me racontait trop en détail ses aventures avec des prostituées, les seules qui pouvaient lui offrir ce que son corps d'homme lui réclamait.

Il était secrètement amoureux de ma mère, un amour platonique bien sûr, puisque cette dernière était d'abord et avant tout la femme de mon père, l'être auquel il vouait un respect et une admiration sans borne.

Quand mon père lui a annoncé notre départ pour le Québec, c'est tout son univers qui s'était écroulé. Il nous avait dit qu'il ne pourrait pas y survivre. Puis, avec le temps, il avait accepté ce qui était le drame de sa vie, en nous promettant de nous écrire le plus souvent possible. Parce qu'il était presque analphabète, cela représentait un effort immense pour lui et surtout la preuve d'une amitié indéfectible. Et Didier a tenu sa promesse. Nous avons reçu des cartes pendant plusieurs années à l'occasion de nos anniversaires et des fêtes de Noël. En quelques mots à peine lisibles, il nous disait combien il s'ennuyait de nous et combien il avait hâte de nous revoir. Et puis plus rien. On a appris quelques années plus tard qu'il était mort dans un accident de mobylette, un soir qu'il avait trop bu, sur la route qui menait à la maison. Dans le fossé où Didier avait perdu la vie, monsieur Jean avait planté une croix de bois dont l'inscription qui y était gravée n'était presque plus lisible, camouflée pas des mûriers sauvages.

9

J'ai passé la dernière soirée à déambuler dans la ville avant de partir pour le Sud et la Méditerranée. Un jeune urbaniste s'en était vu confier l'aménagement lors des 10 dernières années pour en moderniser la chaussée et réaménager l'espace public. Les mauvaises langues cancanaient que le maire, un vieil homosexuel qui n'avait jamais caché ses orientations et son goût immodéré pour les jeunes hommes, avait délié les cordons de la bourse municipale pour satisfaire les caprices de celui qui partageait sa vie. Cela s'était traduit par la création de ronds-points ornés d'agencements floraux sans surprise, mais délicats. Cela avait modifié considérablement le visage de la ville en plus de ralentir la circulation. Sur la place de la gare, devant le monument aux morts qui rendait hommage aux six fusillés de 1942, assassinés froidement par la Gestapo, le protégé du maire avait fait réaliser une sculpture métallique qui représentait des bras entremêlés tentant de s'extirper du sol, simulant ainsi l'ensevelissement d'êtres encore vivants. Il y avait là la symbolique d'un pays qui résiste et ne cède pas à l'envahisseur, et du sacrifice que cela représentait. De leurs poignets exposés s'échappait un mince filet d'eau qui s'écoulait dans un bassin, réceptacle de ce sang versé. Le maire en avait fait une promotion incroyable à l'occasion du soixantième anniversaire de la fin de la guerre et l'avait inauguré en grandes pompes, entouré des notables de la ville, de commerçants encore influents et d'une poignée de « mignons » qui attendaient leur heure pour profiter à leur tour des largesses du maire en terme de deniers publics.

Dans la rue principale, beaucoup de commerces avaient disparu, absorbés par l'implantation de grandes surfaces dans la région. Seules des pharmacies, deux ou trois boulangeries et quelques banques avaient survécu. La conjoncture économique avait dépecé la ville, et les promoteurs immobiliers s'étaient délectés de ces aubaines, reconvertissant la rue principale en rue-dortoir réservée aux plus nantis. La ville s'était endormie, puis empoussiérée. Les habitants ne se connaissaient plus. Chacun vivait seul de son côté, ignorant tout de son voisin et ayant perdu le sens de la vie en communauté. Autrefois, on y dénombrait une quinzaine de débits de boisson qui servaient à peine plus de 5000 habitants. Il n'en subsistait plus que trois. Les troquets aux zincs accueillants, qui avaient longtemps ponctué la vie des habitants, avaient fermé leurs portes les uns après les autres, et les rues s'étaient vidées par le fait même. La ville qui avait traversé les siècles autour de son église agonisait maintenant entre les ronds-points sans caractère et le silence des rues-dortoirs. Les habitants buvaient seuls chez eux, entretenant une solitude qu'ils traitaient avec l'absorption de médicaments. Les anxiolytiques et les antidépresseurs faisaient les beaux jours de l'industrie pharmaceutique qui continuait de prospérer, même dans les petites villes assommées par la récession qui avait asphyxié les campagnes françaises. Les êtres humains s'abrutissaient devant d'immenses écrans plats de télévision, alimentés par des ondes cathodiques en perfusion. Les écrans LED à haute définition avaient remplacé les crucifix. Dieu était mort, et son nom n'apparaissait plus au générique.

Non loin de la place de l'église, au pied de la statue de Sainte-Procule, quelques Arabes fumaient des cigarettes en parlant fort. La patronne de la ville, une jeune femme de 17 ans, avait été décapitée par l'homme auquel elle était promise, parce qu'elle l'avait repoussé pour consacrer sa vie à Dieu. La légende raconte qu'elle avait pris sa tête entre ses mains et avait parcouru les rues de la ville avant de s'effondrer devant les portes de l'église où elle fut inhumée. La statue de la jeune femme avait traversé les siècles, mais son histoire était tombée dans l'oubli auprès des nouvelles générations. Pour ces jeunes, elle n'était qu'un monument attaché à un passé, tout au plus un point de ralliement. Parmi le groupe des jeunes Maghrébins, sous le regard serein de Procule qui tenait sa tête entre ses mains, une jeune fille qui n'avait pas 16 ans portait des shorts trop courts et du maquillage trop voyant. Elle était maladroite dans sa gestuelle. Tout dans son attitude cherchait à attirer l'attention. Peut-être n'aimait-t-elle pas les Arabes ? Peut-être s'adonnait-t-elle à des jeux sexuels avec eux, désoeuvrée, n'ayant pas encore abandonné l'espoir d'être aimée. Elle y croyait, du moins suffisamment pour accepter d'être là, avec ces jeunes qui la considéraient comme la fille facile, celle qui ne disait jamais non, du moins pas assez catégoriquement. Dans ma jeunesse, elle s'appelait Christelle. Elle était blonde, elle avait les yeux verts, ne souriait pas beaucoup et ne supportait pas les arabes, beaucoup moins nombreux à l'époque. Elle ne portait que des jupes, pour la caresse du vent sur ses cuisses. Elle m'avait laissé l'embrasser et toucher ses seins, un soir de juin. Il faisait chaud. J'avais dû insister pour qu'elle se laisse coincer contre le petit muret qui surplombait le ruisseau. Sous les platanes qui bordaient la rue, j'avais découvert le goût des femmes dans sa bouche. J'étais resté longtemps collé contre elle pour tenter de dissimuler une érection que la chaleur de son corps n'avait fait qu'accroître. L'œil mutin, amusée par la situation, elle avait tenté de se soustraire à mes mains baladeuses pour me laisser seul avec mon embarras. Je l'avais laissé partir alors qu'elle menaçait de crier, puis elle avait couru en riant, chafouine, m'envoyant un baiser de la main. J'avais attendu deux autres années et l'été de mes 16 ans pour embrasser à nouveau une fille, Sonia, que j'aimais cette fois-là et qui m'avait fait découvrir la souffrance, celle qui casse. Amélie a été une victime collatérale de Sonia, alors que rien a priori ne les reliait l'une à l'autre. L'amour n'est finalement que la transmission d'un relai de souffrances que l'on donne au suivant, en souvenir du précédent. Une sale histoire !

Autour de la place, peu de mouvements. À mon époque, des Arabes rôdaient déjà par ici et crachaient un peu partout entre deux clopes. Ils étaient la deuxième génération venue d'Algérie. Leurs parents parlaient mal le français et souffraient d'une mauvaise intégration. Ils vivaient dans un petit HLM, le seul construit loin des regards en périphérie du centre-ville. À l'école, ils répondaient aux insultes racistes par la violence. Ils étaient bons au foot et champions des insultes dégradantes, après beaucoup de pratique, il faut le dire. Abdelak Boukobza, que tout le monde appelait *Abdel* n'était pas comme les autres. Grand, mince, à la santé fragile, il n'était que douceur et gentillesse, gêné à l'idée de prendre éventuellement trop de place. Il se tenait toujours à l'écart des autres Arabes, effrayé par la violence et les insultes, mais restait solidaire de ceux qui, comme lui, avaient le racisme pour ennemi. Mme Clermont, notre professeur de français, une vieille fille aussi acariâtre qu'exigeante adorait la fluidité et l'intelligence de ses dissertations empreintes de sensibilité. Parfois, elle lui demandait de les lire devant la classe, debout devant son pupitre pour que l'on en « prenne de la graine ». Le grand Abdelak aurait préféré être enterré vivant, mais il s'exécutait quand même, la voix chevrotante et les mains moites qui collaient à sa feuille de papier. Mme Clermont en tirait un plaisir coupable, une satisfaction que seuls les professeurs trop souvent déçus éprouvent. Je me souviens d'un de ces textes qui avait pour titre *Les ombres cacochymes*. C'était la première fois que j'entendais le mot *cacochyme* et l'utilisation qu'il en avait fait pour décrire un souvenir d'enfance dans son bled en Algérie avait nourri mon imaginaire et suscité pour lui une véritable admiration. Abdelak était une vieille âme, un être de douceur.

J'avais perdu sa trace après mon départ pour le Québec. Comme bien d'autres visages de cette époque, le sien était tombé dans un oubli relatif attaché à une autre vie. Il en était ressorti, longtemps plus tard, un jour terrible d'octobre. Je n'avais d'abord pas fait le lien, trop abasourdi par la cause de sa réapparition. Invité à une émission de télévision du service public français retransmise sur TV5, il témoignait sur un plateau consacré aux jeunes Français partis faire le djihad en Syrie. Son fils âgé de 17ans s'était radicalisé sans qu'il s'en aperçoive en l'espace de quelques mois et avait fui un jour le domicile familial sans aucune explication, pour rejoindre ceux qui l'avaient recruté sur Internet. Abdelak avait vieilli. Sa barbe avait blanchi, il avait les traits tirés, mais j'avais reconnu le timbre si doux de sa voix. Il avait le regard de ceux qui ont perdu l'essentiel dans la vie. Le nom de son fils avait circulé au sujet de la décapitation d'otages japonais en Syrie. Abdelak répondait aux questions avec la même voix chevrotante que lorsqu'il lisait debout devant son pupitre. La voix d'un supplicié.

La nuit était tombée depuis plusieurs heures quand j'ai rejoint l'hôtel de la gare. À la réception, une jeune Kabyle aux cheveux lissés et coiffés en queue de cheval tenait la caisse avec ennui. Sur le petit badge épinglé sur sa veste au niveau de la poitrine, on pouvait lire son prénom,« Soraya ». Elle était mignonne, bien foutue, avec un sourire ravageur qui devait plaire aux hommes. Je lui ai demandé si elle servait encore de l'alcool à cette heure, et elle m'a répondu que non, mais qu'elle pouvait faire une exception si je demeurais discret. Elle m'a servi un verre de Porto pour 5 euros, et nous avons conversé quelques minutes. Elle m'a demandé ce qui m'amenait dans ce « trou à rats » et elle n'a pu s'empêcher de rire quand je lui ai dit que j'y avais grandi et que c'était par nostalgie que j'y revenais. Elle trouvait cela inconcevable que l'on s'attache à une ville moribonde où rien ne se passe, excepté un obscur festival de folklore qui n'attirait que des hordes de têtes blanches passionnées de bourrées et autres danses traditionnelles nécessitant des sabots. Elle ne rêvait que de foutre le camp vers Paris où elle pourrait devenir quelqu'un, sans passé ni histoire et se défaire de sa réputation : « Vous savez, c'est peut-être la meilleure chose qui vous soit arrivée de quitter ce trou ! »

Dans ma chambre, je me suis couché sur le lit avec mon verre de Porto. J'ai ouvert le petit carnet à spirales que j'avais apporté avec moi, puis je me suis mis à écrire. J'ai pensé à Guibert dont Mickie m'avait fait découvrir l'œuvre 15 ans plus tôt. Il avait écrit son quotidien face à la maladie qui avait investi son corps, jusqu'au plus profond de ses os, le condamnant à une mort lente et atroce et sans laquelle, pourtant, il ne serait peut-être jamais devenu l'écrivain qu'il a été. Dans la description de son déclin, où selon ses propres mots *son sang avait entrepris un processus de faillite*, il trouvait une justesse et une sensibilité qui me touchaient. Il lui avait fallu marcher au cœur du charnier pour approcher la vérité, pour accepter et apprivoiser la mort trop hâtive. J'ai réécrit de mémoire les derniers mots de son journal au titre fabuleux, *Le mausolée des amants*, qui m'avaient beaucoup ému : « T. a pleuré dans mes bras, sur mon lit, c'était pire que la suffocation que j'ai eue à l'endroit du cœur après qu'on m'a troué un poumon avec une seringue. » Et je me suis senti seul comme jamais en repensant au soir où Mickie avait elle aussi pleuré dans mes bras, alors que nous avions bu dans une chambre d'hôtel de Québec. Malgré le mascara qui avait coulé sur ses joues et taché ma chemise, malgré ses larmes si inhabituelles et le long silence qui avait suivi, j'avais été reconnaissant de vivre cet instant à ses côtés. Elle aussi avait dû toucher le fond, écumer les recoins les plus sombres de son existence pour y trouver, même momentanément, non pas une délivrance, mais un répit. Cela avait pris la forme d'un roman dont elle n'a jamais révélé la part de fiction et de réalité.

Dehors, le vent sifflait dans les volets. Sous le lampadaire devant la gare, passaient quelques voyageurs arrivés avec le dernier train. Cette image m'a semblé décalée, issue d'une autre époque dont on ne retrouvait plus les traces que sur de vieilles cartes postales en noir et blanc.

À la télévision, des images de massacres de civils au Proche-Orient tournaient en boucles. Des enfants sans vie étaient recouverts de draps blancs tachés de sang, et leurs parents pleuraient sous l'œil d'une caméra occidentale avide d'images chocs pour animer les soirées de foyers anesthésiés. Dans la ville syrienne de Oms, une femme hurlait sa douleur dans une pagaille sans nom de sirènes et de gyrophares tandis qu'un homme portait un nourrisson inerte en criant vengeance au nom de Dieu. Le lendemain, nous aurions tout oublié. L'horreur était une notion éphémère dans une civilisation *fast food*. Mais pour Abdelak, ce soir-là, quelque part en France, la douleur avait sûrement une autre signification.

10

J'avais 15 ans quand j'ai terminé le secondaire et quitté la petite école privée anciennement dirigée par des Sœurs pour intégrer le lycée laïc et guindé situé dans la ville voisine. La population aisée et bourgeoise devait sa fortune à ses eaux thermales qui avaient soigné des générations de retraités désireux de passer leurs dernières années dans le luxe et le confort. Les élèves du lycée étaient pour la plupart des fils à papa arrogants, dont la principale préoccupation était l'affichage de leurs vêtements de marque et les prouesses de leurs scooters Vespa. Le fils de paysan que j'étais a vécu un véritable choc et appris que l'on ne débarque pas comme ça dans une couche sociale supérieure à la sienne sans en payer le prix.

Dans ma classe, j'ai dû essuyer des remarques désobligeantes sur ma tenue vestimentaire trop modeste, dépourvue de griffe et de style. Il n'y a rien de pire que la différence quand on est un adolescent et que l'on souhaite plus que tout se fondre dans la masse. J'en ai voulu à mes parents de ne pas m'avoir préparé au regard des autres et de n'être que de modestes paysans avec une courte longueur d'avance sur la précarité.

Et dans cette classe, il y avait un certain Richard Gaudon. Grand costaud d'1m85, toujours fichu d'un manteau de cuir aviateur, les cheveux rasés et une vraie gueule de jeune premier, il terrorisait tout le monde et s'était rapidement imposé comme le leader du groupe. Plus grand, plus viril, plus fort, personne n'osait vraiment l'affronter, et tous supportaient ses moqueries et ses menaces, et parfois même ses violences verbales et physiques. Il se targuait de pratiquer le kick-boxing dont il détenait un titre de champion régional et réalisait parfois quelques démonstrations pour rappeler l'existence de son palmarès. Dans la salle de classe, il faisait la loi, parfois même devant les enseignants, qui étonnamment, fermaient les yeux sur la dictature qu'il exerçait sur le groupe, préférant l'avoir avec eux que contre eux. Richard Gaudon avait un sens de la répartie relativement bien aiguisé et un sourire charmeur dont il usait pour passer pour moins méchant qu'il ne l'était. Après quelques semaines, tous avaient compris qu'il était vain et même suicidaire de lui tenir tête. Lorsqu'il se défoulait sur l'un d'entre nous, les autres fermaient les yeux, laissant sa victime seule au monde entre ses mains. La terreur qu'il imposait avait fait de nous des complices, des êtres lâches et grégaires dont l'instinct de survie avait pris le dessus sur les valeurs morales. Les cours d'éducation physique étaient pour lui l'occasion de faire valoir sa supériorité physique, alors qu'il rencontrait des difficultés d'apprentissage dans les cours réguliers. Ils ont été le théâtre de ses pires séances d'humiliation où se déchainait sa brutalité sauvage. Les cours de rugby lui permettaient de réaliser de violents placages que l'enseignant interprétait comme de simples excès de zèle qui ne nécessitaient que de timides rappels à l'ordre. Mais c'est dans le vestiaire et les douches qu'il se déchainait. Il exhibait son sexe particulièrement imposant en jetant des regards moqueurs sur ceux qui l'entouraient, moins gâtés par la nature. Il paradait nu devant nous, bandant ses muscles, moquant le corps chétif de celui-ci, riant de la petitesse du sexe de celui-là. Il s'est permis une fois dans les douches d'uriner sur Abdelatif, le seul Magrébin de la classe, et avait encouragé les autres à rire de ses actes dégradants. Il imposait la loi du silence, rappelant que d'éventuelles dénonciations se paieraient au prix fort, à l'intérieur comme l'extérieur des murs de l'école.

Un jour, alors que nous nous rhabillions après notre cours, il s'était assis à côté de moi et m'avait pris à partie tandis qu'il humiliait

Frédéric Million, un binoclard inoffensif et timide. J'avais ri de ses moqueries. J'avais ri fort, avec méchanceté, longuement. Puis il s'était rassis en piétinant négligemment mes affaires et avait levé discrètement le bras droit pour me montrer son aisselle :

-Tu sais ce que c'est ça, avait-il demandé en pointant un minuscule tatouage ?

-Non, avais-je répondu craintivement.

-C'est mon groupe sanguin. Tu vois, O+. Tu sais ce que ça signifie ?

Il m'avait expliqué que c'était une coutume des soldats SS lors de la Deuxième Guerre mondiale afin qu'ils soient soignés plus efficacement en cas de blessure. Il déplorait que, malheureusement, ce tatouage avait trahi nombre d'entre eux qui avaient tenté de fuir en se mêlant à la masse des simples soldats au moment de la débâcle allemande. Cet aveu m'avait glacé le sang. Puis il avait levé son autre bras et au même endroit, juste au dessous des poils de son aisselle, il avait une petite tête de mort tatouée, la Totenkopf des officiers SS. Il m'avait fixé dans les yeux, un large sourire aux lèvres et était resté silencieux quelques secondes : « Maintenant tu sais à qui tu as affaire ». Je me suis mis à trembler en tentant le plus possible de ne rien laisser paraître. Je n'ai pas su pourquoi il m'avait fait cet aveu dont je devais partager le secret. Je n'avais jusque là jamais entamé de conversation avec lui. Jamais je n'ai parlé de ce que j'avais vu ce matin là dans le vestiaire ni de la lâcheté qui m'avait permis de dissimuler ma frayeur.

Quelques semaines plus tard, Richard Gaudon avait été arrêté pour violences sur un jeune marocain qu'il avait tabassé avec ses amis après une soirée arrosée à la sortie d'une discothèque. Il avait passé la nuit au poste de police et l'affaire n'était pas allée plus loin, compte tenu de son statut de mineur. Sa victime, un certain Mohamed Moussa, y avait laissé plusieurs dents et s'en était sorti avec un sévère traumatisme crânien. À son retour à l'école, après sa suspension, Gaudon avait bâti sa réputation. Désormais tout le monde savait de quoi il était capable. Il s'était vanté à de nombreuses reprises de son fait d'arme et avait revendiqué par la suite d'autres « ratonnades » qu'il organisait les samedis soirs avec ses amis qui avaient sans doute la même idéologie que lui. L'année suivante, il a quitté le lycée, et nous avons vécu au rythme des rumeurs de bagarres qui nous parvenaient laissant toujours planer une aura de danger autour de son souvenir. Puis il a disparu de ma vie.

Le dernier jour de ma visite dans la ville de mon enfance, je suis allé faire un tour dans le jardin public situé à quelques pas de l'Hôtel de la gare. Lorsque j'étais enfant, j'avais passé de nombreuses heures sur les cours de tennis qui le longeaient. Je venais y jouer avec des amis du club, et nous traversions le jardin qui débouchait sur la rue des Pins où résidait l'un de mes partenaires de jeu. Nous y goûtions après nos matchs en attendant que mes parents viennent me chercher. Ce matin-là, le parc était quasiment désert. Seules quelques jeunes mamans y promenaient leurs enfants. Au fond du parc, à côté d'une statue représentant un couple d'amoureux assis sur un banc, un homme en bleu de travail nettoyait un massif délicatement agencé de fleurs annuelles. Agenouillé, il enlevait les fleurs fanées des impatiens et rajoutait du paillis que les écureuils dispersaient pour chercher les bulbes de tulipes. En m'approchant de lui, il m'a semblé que son visage ne m'était pas étranger. Arrivé à quelques mètres, je l'ai reconnu. Il avait perdu ses cheveux, et ses traits s'étaient alourdis, mais ça ne faisait aucun doute, c'était

Richard Gaudon. Il a ramassé ses outils, les a placés dans sa brouette et s'est dirigé vers moi. En arrivant à mon niveau, il m'a salué par politesse comme l'aurait fait n'importe quel employé soucieux de donner une belle image des employés municipaux. Il ne m'a pas reconnu et il a continué son chemin en sifflotant. Je l'ai suivi de loin, le ventre saisi par le souvenir de la terreur qu'il m'inspirait à l'adolescence lorsque je tentais laborieusement de me construire. Il était presque midi. Il a descendu la rue Jean-Jaurès, puis a tourné à droite sur la rue du Pont, qui chevauchait le mince cours d'eau qui avait souffert d'un été très sec. Quelques centaines de mètres plus loin, il a ouvert le petit portail d'une modeste maison. Dans le jardin, des jouets d'enfant en bas âge trainaient sur le gazon. Il a ramassé une bicyclette qu'il a déposée contre la porte du garage, puis il est entré dans la maison. Une femme peut-être l'attendait ainsi que des enfants que, le soir, il prenait sur ses genoux sur le canapé du salon devant des dessins animés. Il mangerait peut-être en tête-à-tête avec sa femme, Richard lui résumant sa matinée de travail, et elle l'écoutant, jamais lasse de ce quotidien calme qui s'égrainait doucement. Il lui parlerait peut-être de l'infestation de cochenilles cette année qui, malgré ses efforts, dévastait ses plates bandes. Il fumerait peut-être une cigarette sur la terrasse en buvant son café et prendrait soin de ramasser son mégot avant de le mettre dans une boîte de conserve lestée de sable. Puis, il repartirait travailler dans le jardin public, s'afférer à la taille d'une azalée de Chine ou au bouturage d'un hortensia, avant de terminer par l'arrosage des bégonias tubéreux qu'il avait plantés lui-même au printemps. Des gens l'aimaient inconditionnellement aujourd'hui et n'avaient peut-être jamais vu dans ses yeux ce que j'avais vu moi, dans le vestiaire du centre sportif de l'école et qui m'avait inspiré une terreur égale à ma lâcheté.

Il y a plusieurs années, alors que j'étudiais l'histoire à l'Université de Montréal, j'ai suivi un cours sur l'Europe pendant la Deuxième Guerre mondiale. J'avais choisi de faire mon travail de session sur Pierre Marie Paoli, ce jeune agent français de la Gestapo qui avait sévi dans le département du Cher, en France. Le zèle du jeune germanophile lui avait permis de gravir rapidement les échelons de la Gestapo, jusqu'à porter avec fierté, comme un aboutissement, l'uniforme allemand. Tortionnaire impitoyable réputé pour sa cruauté, il était à l'origine de nombreuses déportations d'habitants de sa commune pour les camps d'extermination et responsable du massacre de Juifs qu'il avait fait jeter dans le puits d'une ferme abandonnée. Arrêté au Danemark en 1945 et jugé en 1946, celui que l'on appelait le *Monstre*, était allé jusqu'au bout de ses convictions meurtrières. Au moment d'entendre sa sentence devant un tribunal ivre de vengeance, il avait fanfaronné en déclarant sa fierté d'être allemand. C'est la beauté délicate du jeune Paoli révélée par de rares clichés qui avait motivé mon choix de sujet. Enfant, il avait dû être chéri, admiré pour sa beauté angélique et la douceur de son regard. J'avais voulu retrouver les traces de sa courte vie pour comprendre ses choix, approcher sa monstruosité et l'expliquer surtout, pour y trouver un sens. Mais rien dans toutes les archives que j'avais fouillées ne révélait une once de remords, un soupçon de culpabilité. Je m'étais questionné sur ce qu'aurait été la vie de ce jeune homme en d'autres temps, où il n'y aurait pas eu la guerre sur son parcours. J'avais émis l'hypothèse qu'un monstre comme Paoli vivait au fond de chaque être humain et que son éclosion dépendait davantage du contexte que de l'être humain lui-même. J'avais conclu que Paoli était à lui seul la synthèse effrayante de l'humanité comportant potentiellement ce qu'il y a de meilleur et de pire, et que la frontière entre les deux était aussi fine que l'aile d'un papillon. Monsieur Kaufman, mon professeur, spécialiste de l'histoire de l'Allemagne contemporaine, m'avait félicité pour le sérieux de ma recherche, l'abondance des sources et le traitement du sujet, mais avait émis quelques réserves quant à ma conclusion qui avait, selon ses termes, suscité un certain malaise pour le descendant d'une famille de déportés dont il était issu. Les *Justes* avaient existé, et il se refusait à admettre qu'ils devaient leur grandeur d'âme au hasard ou à un certain opportunisme. Il voulait croire, peut-être naïvement, au manichéisme qui depuis toujours avait permis à l'humanité de diviser les hommes en bourreaux et en victimes, et ainsi justifier sa pérennité. En filigrane de ce travail, il y avait eu le sourire de Richard Gaudon le jour du vestiaire. Les deux visages se confondaient pour n'en former qu'un seul qui aurait pu être la synthèse de l'espèce humaine, dans son expression la plus sordide, effroyablement humaine avec laquelle je me trouvais des traits communs.

Je suis retourné à l'hôtel un peu plus tard et j'ai tenté de rejoindre Amélie sur son téléphone. Elle avait conservé le même numéro que celui qu'elle m'avait écrit sur un ticket de caisse, lors de notre première rencontre, accompagné de ces mots : *Je suis sous ton charme...* Et tout comme la première fois que je l'avais composé, mon cœur s'est mis à battre très vite, cherchant les mots que j'allais lui dire. Cette fois-ci, c'est son répondeur qui s'est déclenché et le seul son de sa voix m'a fait du bien. Et j'ai dit :

-Tu te souviens du premier mot que tu m'as écrit le jour de notre rencontre. Je l'ai encore dans mon portefeuille. Et ce soir, j'aimerais n'avoir jamais été si loin de toi. Je t'embrasse.

Et puis j'ai raccroché. Quelques minutes plus tard, elle m'a envoyé un smiley sur mon portable, celui qui rougit et donne un baiser en fermant les yeux. J'ai tenté de lui répondre, mais aucun petit bonhomme jaune ne correspondait à l'émotion qui m'habitait ni même aucun mot.

11

L'autoroute filait tout droit et touchait l'horizon pâle. C'était le milieu du mois de septembre. Quelques semaines plus tôt, des millions d'automobilistes rassérénés avaient fait le chemin inverse pour retrouver le quotidien qu'ils avaient fui pour la promiscuité des plages de la Côte d'Azur. Chaque année, invariablement, les autoroutes de France se chargeaient d'êtres humains avides de soleil et de farniente partageant la recherche commune d'un ailleurs léger qui se trouvait au Sud.

La Golf avalait les kilomètres sur l'autoroute désertée de l'arrière-saison. Je filais à 140 km/heure sur l'asphalte ramolli par le soleil. Le GPS indiquait encore 80 kilomètres avant la frontière espagnole, et le paysage qui revêtait un habit de garrigue fiché sur le calcaire en témoignait. L'habitacle se remplissait d'un air chaud qui avait cuit tout l'été et qui s'était chargé de poussière portée par la Tramontane. Puis, sur une pancarte qui indiquait la prochaine halte routière, un individu avait tagué avec une bombe de peinture blanche : « *No future* ». Cela avait laissé des coulisses au bas de chaque lettre, accentuant davantage l'aspect dramatique de l'affirmation. Et c'est le visage de Mickie qui est venu se plaquer devant moi, ressurgi d'un passé que je n'avais jamais totalement enseveli. C'étaient les mots qu'elle avait choisis pour conclure son roman, le seul qu'elle n'écrivit jamais.

J'ai pris une sortie quelques kilomètres plus loin, peu avant Perpignan, qui annonçait la ville de Port-Barcarès et j'ai longé le bord de mer à la recherche d'un hôtel qui ferait face à la Méditerranée. Je me suis arrêté à la réception de l'hôtel *La casa blanca*, où seuls quelques Suisses germanophones et une poignée de retraités séjournaient encore. La chambre climatisée me donnait une vue sur la grande plage déserte où de grosses vagues chargées de sable venaient lourdement s'échouer. Un drapeau rouge déchiré par le vent interdisait la baignade, et dans le ciel, des nuages annonçant l'orage se confondaient avec la noirceur de la mer déchaînée. L'hôtesse d'accueil m'a proposé un forfait de deux nuitées pour le prix d'une que j'ai accepté et m'a assuré que les petits déjeuners qui y étaient servis étaient exquis. J'ai ouvert une fenêtre et le vent qui s'est engouffré dans la chambre a soulevé les rideaux. Je suis tombé de fatigue sur le lit et je me suis endormi tout habillé, bercé par la soudaine fraicheur que le large m'apportait. Et Mickie est venue me rendre visite. *Long time no see…*

12

En septembre 1997, j'avais 23 ans. J'étais en deuxième année de maîtrise en histoire à l'Université de Montréal. Je sortais de ma seconde rupture d'avec Amélie. Je me consacrais à la recherche pour la rédaction de mon mémoire qui portait sur les guerres de religion en France au XVIème siècle. Je passais mon temps dans la bibliothèque du pavillon Samuel-Bronfman. Je lisais les écrits des mémorialistes de l'époque relatant les exactions commises par les Catholiques sur les Protestants dans une Europe à feu et à sang qui assistait à la mort de l'esprit chevaleresque et à la naissance d'un humanisme porté par Erasme et Montaigne. Mon directeur de maîtrise, un érudit que j'admirais au plus haut point, m'avait convaincu de suivre un cours de création littéraire afin de m'aérer l'esprit et d'être dans les meilleures dispositions pour débuter la rédaction. Son idée m'avait enthousiasmé, et je m'étais inscrit à un cours qui se donnait dans les vieux locaux de l'université McGill, sur la rue Stanley. L'enseignant, Monsieur Tavernier, un écrivain établi qui avait connu un certain succès de librairie dans les années 80 avec des recueils de poésie et quelques romans, nous avait proposé des exercices d'écriture de nouvelles qu'il lisait ensuite en classe en les commentant. Sa lecture était lente, posée, et sa voix de vieil homme qui a atteint la sérénité nous caressait. La classe l'écoutait religieusement, admirative, et il nous semblait que ces textes qui étaient pourtant les nôtres, ne nous appartenaient plus. Il se les était appropriés, comme s'il y avait lu beaucoup plus que ce que nous avions écrit, qu'il s'était invité dans notre univers créatif, qu'il s'en était imbibé et qu'il en avait donné une signification plus complète.

Un jour, il avait invité dans notre classe une jeune écrivaine qui avait connu un large succès au Québec et en France avec son premier roman, une auto fiction sulfureuse qui relatait l'expérience d'une jeune femme de 18 ans dans le cinéma pornographique. L'ouvrage, qui avait fait couler beaucoup d'encre, dressait le portrait d'une femme qui évoluait avec candeur dans un univers sordide où l'héroïne et l'argent détruisaient des jeunesses désabusées. Les êtres humains s'y vendaient comme du bétail dans des contrats où les éjaculations faciales et les doubles pénétrations sans protection apparaissaient en annexe, gratifiées parfois de bonus substantiels. Lola, l'héroïne, avait connu un parcours fulgurant à force de prises de risques inconsidérés et un rythme de tournage effréné qui lui avaient valu le pseudonyme de *Lola No Future*. Après une ascension aux plus hauts sommets de l'industrie, elle avait ensuite connu une descente aux enfers, un interminable chemin de croix aussi prévisible que cruel. Dans les dernières pages du livre, l'auteure avait cité Robert Antelme dans *L'espèce humaine*, en comparant Lola aux prisonniers des camps de la mort. Son univers concentrationnaire s'était refermé sur elle. Spectatrice de sa propre dégringolade programmée, elle s'était haïe plus que personne n'aurait su le faire dans cette vie de pourriture. Mickie avait repris les mots d'Antelme au sujet de Lola, juste avant le tournage de trop dans une villa de Floride où l'overdose fatale l'attendait dans une salle de bain rose :

« Mépriser –puis haïr quand ils revendiquent- ceux qui sont maigres et traînent un corps au sang pourri, ceux que l'on a contraints à offrir de l'homme une image telle qu'elle soit une source inépuisable de dégoût et de haine ».

Ce soir-là, Mickie était entrée dans la salle de classe, habillée d'une mini-jupe grise sur ses bas collants noirs et d'une veste de cuir moulante fermée jusqu'au cou malgré la chaleur de la salle. Elle s'était assise sur le tabouret que lui avait offert M. Tavernier, avait croisé ses jambes et s'était présentée rapidement, comme le font les personnes timides qui luttent de tout leur corps pour ne rien laisser paraître. Cela leur donne parfois une fausse arrogance qu'ils ne cherchent pas à démentir, l'illusion étant parfaite. Elle avait replacé ses boucles blondes d'un geste nerveux, puis avait commencé la lecture d'une courte nouvelle qu'elle venait de publier dans un recueil collectif dont le thème était la solitude. Sa voix était grave et suave et détonnait complètement avec son physique plantureux et son maquillage volontairement prononcé. Elle était de ces êtres dont les premiers mots formulés ouvraient la fenêtre sur l'étendue de son intelligence et donnaient à son discours une musique envoûtante. À aucun moment, elle n'avait levé les yeux de son texte et elle avait fait une lecture presque joyeuse du récit des derniers jours d'une vieille femme qui meurt seule dans un hôpital, les yeux rivés sur la porte de sa chambre qui ne s'ouvre pas sur les êtres qu'elle a mis au monde. Elle avait dépeint un univers sombre et désespéré qu'il faut avoir parcouru pour en délivrer une description aussi troublante d'authenticité. Puis elle avait refermé le recueil, l'avait déposé sur le bureau de monsieur Tavernier et avait pris une gorgée d'eau de sa bouteille avant de nous servir un sourire bouleversant de détachement. Chacun y était allé d'un commentaire ou d'une question, après avoir pris soin de la féliciter pour le succès de *Sacrifiée,* le roman qui lui avait offert la célébrité. Elle avait remercié tout le monde, répondu à toutes les questions et embrassé chaleureusement monsieur Tavernier avant de partir. Elle nous avait convié ensuite à un 5 à 7 dans un bar de la rue Mont Royal où l'éditeur du recueil avait organisé le lancement. J'étais arrivé peu avant 19 heures devant le bar après un détour par mon appartement. Mickie attendait sur le trottoir, une cigarette à la main, et m'avait arrêté avant que je n'entre.

-Excuse-moi, t'aurais pas du feu ? Personne ne fume ici, c'est incroyable !
Elle avait accepté le feu de mon briquet en refermant sa main sur la mienne pour en protéger la flamme du vent qui balayait la rue.
-T'étais dans la salle de classe tout à l'heure, je crois.
-En effet, j'ai beaucoup aimé votre lecture. Avec votre voix douce, on aurait cru que vous lisiez *Martine à la plage*, alors que c'était plutôt *Mémé à la morgue*...
Elle avait reculé d'un pas pour mieux me considérer et avait esquissé un sourire narquois.
-T'es marrant toi ! Tu me payes un verre de blanc ou bien t'es cassé comme tous les autres ?
-Cassé, mais ça vaut bien un verre de blanc quand même ! J'mangerai des sandwichs au pain toute la semaine, c'est tout.
-J'te préviens p'tit gars, c'est pas pour ça que tu coucheras avec moi.

C'est comme ça que Mickie est entrée dans ma vie ce soir là. Sans faire aucun détour, elle avait planté les balises de ce qu'allait être notre relation.

Quand je me suis réveillé, il pleuvait sur la moquette de la chambre. Le ciel était strié d'éclairs et sur le réveil-matin, le cadran indiquait 22h32. Mickie aurait aimé ce ciel. Elle m'aurait peut-être convaincu d'aller risquer la noyade dans la mer qui grondait. Elle ne savait sûrement pas que je l'aurais suivie n'importe où !

13

Le lendemain matin, la plage n'avait gardé que peu de traces de l'orage de la veille, à part quelques algues que la mer avait abandonnées. Les mouettes, déçues de n'y rien trouver à se mettre dans le bec, hurlaient leur faim en tournoyant et dessinaient dans le ciel de médiocres chorégraphies funèbres. Les Suisses rougissaient au soleil en riant fort et, sur la terrasse de l'hôtel j'étais le dernier à déjeuner. Mickie m'avait déjà dit combien elle aimait les hôtels et qu'elle y aurait vécu toute sa vie si elle l'avait pu. Elle y voyait l'expression parfaite de la liberté, du besoin d'être en perpétuel transit, sans attache matérielle.

Je l'ai revue quelques jours après sa séance de lecture et sur son invitation, dans l'hôtel de la rue Ste-Catherine qu'elle habitait depuis quelques semaines. Elle possédait un appartement dans le quartier Outremont et elle m'avait expliqué plus tard qu'elle n'y faisait que quelques brèves visites pour nourrir ses poissons rouges : « *Ce sont eux les vrais locataires finalement. Moi je ne suis que la proprio. Ils s'en sortent bien sans moi, anyway !* » Elle avait acheté l'appartement grâce aux 150000 exemplaires vendus de son roman qui l'avaient mis à l'abri du besoin pour un bon bout de temps : « *C'est ça pour moi le seul bienfait du cash : choisir où tu peux vivre.* » Elle m'avait donné rendez-vous à 18 heures devant l'hôtel et m'avait accueilli depuis la fenêtre de sa chambre en me criant :

- Hey, le p'tit Français, va au dépanneur et ramène-nous de l'alcool. Pas de bulles et pas de rouge ! D'acc ?

Lorsque je lui ai tendu les bouteilles de vin blanc en m'excusant à l'avance de leur piètre qualité, elle s'en est moqué affirmant qu'elle ne rechignait jamais sur une bouteille offerte de bon cœur, fut-elle une vraie piquette. Elle m'a tendu l'ouvre-bouteille et a sorti deux coupes en plastique du petit bar sous le bureau. Puis elle m'a demandé de nous servir en attendant qu'elle enfile quelque chose de plus *classe* et qu'elle *poudre son nez de quelque fard cancérigène:* « Je dois bien faire honneur aux p'tits étudiants qui me rendent gentiment visite ! » La porte de la salle de bain était entrouverte, et elle continuait de parler tout en se maquillant les yeux. À travers l'embrasure, je l'ai observée appliquer le mascara sur ses paupières alors qu'elle ouvrait légèrement la bouche. J'ai pensé qu'il n'était pas de plus sensuelle image que celle-ci. Accotée sur le lavabo, elle m'a dit :

-Bah reste pas planté comme ça, petit Français, donne-moi mon verre et allume-moi une clope, tu seras mignon ! Pis tant qu'on y est Oskar, raconte moi un peu ta vie. Je suis sûr que tu as plein de trucs à dire.

La cigarette fumait au bout de ses longs doigts fins. Elle la portait à sa bouche et la retirait presqu'aussitôt en recrachant la fumée en un mince filet. Les jambes croisées, assise sur un fauteuil de cuir noir, elle appuyait sa joue sur sa main, et ses yeux qui parcouraient mon corps me scannaient. Alors, je me suis mis à parler, sans plus m'arrêter, sa simple présence ayant ouvert d'invisibles vannes. Je lui ai parlé d'Amélie et de notre relation à récidives. Elle m'écoutait sans rien dire, nous resservant du vin et fumant sans interruption. Les heures s'étaient écoulées comme ça, dans la lumière tamisée de la chambre. Elle m'avait interrogé sur ma maîtrise, les motivations de mon choix de sujet, mes origines, mon passé en France, et je lui ai tout raconté sans retenue, sans crainte de me livrer alors que je ne la connaissais pas. Mickie avait su m'apprivoiser dès le premier jour de notre rencontre alors que j'étais d'un naturel peu enclin aux confidences. Elle a été la seule personne à qui j'ai parlé de Richard Gaudon et du secret qu'il m'avait délivré le jour du vestiaire. Elle avait été fascinée par l'individu qui selon elle aurait pu incarner un personnage de son roman : « Tu sais, moi, je suis quelqu'un de profondément noir, presque malsaine. Les sales types me fascinent. Ce qui m'a étonné dans le succès de mon roman, c'est qu'autant de gens aient voulu l'acheter pour satisfaire leur curiosité, parce qu'ils avaient entendu parlé de sa noirceur et de sa cruauté. Il y a un vrai attrait pour le mal chez l'être humain. Et puis le sexe, bien sûr ! Ça me dégoûte, tu sais, car ceux comme moi qui en sont vraiment habités malgré eux, feraient tout pour le chasser. Qui a vraiment envie d'une Lola dans sa vie ?».

Elle ne m'a dit que très peu de choses sur elle ce soir-là. Elle m'a parlé du livre et de ce qui l'avait inspiré. Elle m'a avoué qu'elle avait été un jour, un peu de cette Lola : « Pas de pornographie, mais un peu de prostitution. J'avais 18 ans, j'étais perdue et si prématurément désenchantée. J'avais connu le sexe trop tôt, contre mon gré et c'était la seule façon que j'avais trouvée pour continuer à vivre. J'avais choisi la honte plutôt que le vide. » Mickie avait une ombre dans les yeux, une blessure qui ne se referme jamais vraiment.

-Et nous deux, ce soir, qu'est-ce que ça peut bien vouloir dire? Mickie avait écrasé sa cigarette dans un cendrier déjà bien garni. Puis, elle s'était levée pour m'accompagner jusqu'à la porte.

-Tu reviens quand tu veux, il me semble que tu me manques déjà petit Français...

Je l'ai quittée aux petites heures du matin, ivre et chancelant. Dans le taxi qui m'a ramené chez moi, j'ai eu la certitude que cette relation qui débutait ne s'inscrirait pas dans la durée. J'ai senti combien la brièveté de cette histoire la rendrait si précieuse.

Nous étions très vite devenus inséparables sans réussir à nous expliquer le besoin que nous avions de faire partie de la vie de l'autre. Il y avait une ambiguïté dans la nature de cette relation qui naviguait entre le désir réciproque, l'amitié profonde et l'attachement inexplicable de deux êtres à la fois semblables et complémentaires.

Mickie disparaissait parfois quelques jours sans donner de nouvelles et revenait un peu plus sombre et fragile. Une nuit, elle avait glissé une feuille sous la porte de mon appartement, sur laquelle elle s'était dessinée allongée et nue, un vilebrequin sur la poitrine qui lui perçait le cœur. Elle avait griffonné d'une écriture qui trahissait une douleur aiguë: « C'est ce que m'a inspiré le rêve que j'ai fait cette nuit. Tu me disais des mots durs, comme des crachats au visage. Ils me perçaient le cœur et m'arrachaient des cris épouvantables. À mon réveil, je te détestais et cette idée me faisait souffrir davantage que le vilebrequin qui me tuait. J'ai voulu te réveiller pour que tu me jures que j'avais rêvé et que tu serais là, toujours... » Quelques heures plus tard, elle était sur le pas de ma porte, une bouteille de Chablis dans une main et un petit sac de marijuana dans l'autre : « J'ai plein d'idées pour ton mémoire, petit Français, on va bosser dur, crois-moi ! ». Et elle n'a pas dit un mot à propos du message sous ma porte. Elle était comme ça, Mickie : avec une facilité déconcertante, du moins en apparence, elle repoussait des émotions douloureuses qui pourtant l'égratignaient.

14

J'ai repris la route deux jours plus tard, un matin ensoleillé, après m'être baigné dans une mer calme et chaude sur la plage de Port-Barcarès. Il m'a fallu nager longtemps pour distancer les Suisses qui s'ébattaient bruyamment et ne plus entendre leurs rires abimés par la bière bue la veille. Ils avaient tenté de m'intégrer à leur groupe sur la terrasse de l'hôtel alors qu'ils fêtaient l'anniversaire d'Urs, le plus vieux d'entre eux, un grand barbu à la poitrine recouverte d'une épaisse toison de poils blancs qui contrastait avec sa peau caramélisée par le soleil. Hans, un ancien ingénieur civil aux bras bardés de tatouages abîmés par les années, m'avait offert une bière ainsi qu'une place à leur table tandis que je pianotais sur mon téléphone, visitant le fil d'actualité de ma page Facebook. Ils m'avaient raconté le plaisir qu'ils avaient à venir, année après année, depuis plus de 20 ans dans cette station balnéaire après avoir traversé la France en VR. Quelques verres d'alcool plus tard, ils se sont mis à danser, se collant sur leurs femmes rieuses. Cela m'a fait penser à des chansons de Jacques Brel. Sur mon statut Facebook, j'ai écrit : « Valses helvétiques et bières chaudes. Tourbillon de la vie… » J'ai obtenu 12 commentaires et 14 « j'aime » en l'espace de quelques minutes. J'existais encore, ne serait-ce qu'au travers de cet espace virtuel, où je déversais comme tout le monde mes bonheurs et mes réussites mythomanes, mes peurs et mes craintes, mes espoirs infantiles et mes échecs prévisibles. Chacun observait l'autre, comme le patient scrute son propre électrocardiogramme. Un ancien professeur devenu sénile qui m'avait enseigné la religion à une époque où celle-ci poursuivait son épouvantable agonie dans notre société désacralisée, postait des articles islamophobes sans plus aucune retenue, comme on crache des insultes, comme on vomit de la haine gratuite, mais sans la peur de la répression. Sa jubilation post-prostatectomie lui donnait des orgasmes secs, des plaisirs virtuels. À son tour, il a aimé mon statut. Je me suis déconnecté avant qu'il n'engage la conversation.

Après plusieurs minutes de nage sans interruption, je me suis immobilisé dans l'eau. Quand je me suis retourné, la plage était loin de moi et la mer immense semblait grignoter la côte. La mer était définitivement plus belle vue du rivage. Des courants d'eau froide passaient entre mes jambes et j'ai été attiré par les profondeurs obscures et silencieuses. J'imaginais les fonds marins peuplés de créatures étranges que dévoilaient les reportages animaliers de canal Évasion. Il aurait été facile de sombrer, de lâcher prise ici, et ce n'aurait pas été triste. Les Suisses auraient peut-être retrouvé mon cadavre le lendemain matin, enroulé dans un costume d'algues, la bouche offrant le gîte à des oursins. Il aurait été facile de disparaître, comme Mickie l'avait fait, sans prévenir, sans explication. Je n'éprouvais pas de lassitude face à mon existence dont j'avais lâché la bride ni même d'ennui ou de tristesse. J'étais un élément minuscule d'un tout cohérent qui me portait et me tolérait à sa surface. Ce n'était pas la mort qui s'envisageait ici, mais une fin appropriée et juste, chronologiquement acceptable dans ma ligne de vie. Peut-être que Mickie avait eu la même réflexion à l'instant où elle avait atteint l'étape finale de son parcours. Peut-être n'avait-elle rien envisagé d'autre dans son geste que l'acceptation de ce qui lui avait semblé l'instant idéal, l'endroit parfait pour cesser d'être, sans porter le poids d'une réflexion philosophique ou morale, sans plus avoir à se projeter dans un temps qui n'existait que dans notre imagination. *No more future*.

Les Suisses étaient rassurés de me voir revenir vers la plage. Urs m'a avoué qu'il avait un instant eu peur que le courant m'ait emporté au large. Il m'a tapé dans le dos avec sa grosse main et s'est mis à rire nerveusement. Ils m'ont dit au revoir en me serrant dans leur bras avec chaleur. Ils avaient la peau chaude et molle. Ils ressemblaient à des enfants libérés du carcan parental qui découvrent la liberté et s'en abreuvent jusqu'à l'ivresse. Ils étaient assez beaux finalement. Et soudain, j'ai regretté de ne pas avoir dit à Mickie que je l'aimais avant qu'elle ne parte. Même si cela n'aurait rien changé, je n'avais pas eu le pouvoir de convertir son destin, mes paroles l'auraient peut-être enveloppé d'une peau douce et chaude, réconfortante.

Quelques heures plus tard, je suis entré en Espagne par une après-midi écrasée sous le soleil. J'avais déjà parcouru près de 1000 kilomètres sans en avoir encore compris l'objectif.

15

Peu avant son décès, Mickie m'avait invité à la suivre à Québec où elle devait donner une conférence à l'Université Laval et participer à une séance de signatures dans une librairie du Vieux-Québec à l'occasion de la sortie de son roman en format poche. Moins de 3 ans après la publication de son livre, elle était toujours sollicitée pour en faire la promotion. Son agente avait même été contactée à cette époque par une production franco-québécoise, pour une éventuelle adaptation cinématographique. Le nom de l'actrice Vahina Giocante, dont la carrière connaissait alors des débuts prometteurs, avait été évoqué pour jouer le rôle de Lola. Mickie n'appréciait pas vraiment ces exercices où il lui fallait se vendre. Les séances de signatures lui réservaient toujours un lot de commentaires parfois salaces sur sa plastique. Elle jouait le jeu, acceptant sans rechigner le rôle de la jeune écrivaine plantureuse qui avait bénéficié davantage de sa beauté que de ses talents littéraires pour enflammer les ventes de son livre. Elle avait fait plusieurs plateaux de télévision où, partout, on l'associait à son personnage en s'adressant à elle comme à une ex-star du porno, sans discerner la réalité de la fiction et en ne lui accordant qu'un respect mitigé. Mickie avait joué avec cette ambiguïté, s'esclaffant exagérément lorsque l'on lui demandait si elle avait été cette *Lola no future*. Elle laissait à son interlocuteur le soin de se faire une réponse, s'amusant à entretenir un mystère qui dans le fond l'indifférait : « Je me demande laquelle des deux, entre Lola et Mickie, a le plus putassé? Et toi Oskar, laquelle des deux t'attire le plus ? Laquelle te dégoûte le plus ? Dis-moi un peu, petit Français !»

Mickie avait réservé deux chambres à l'hôtel Hilton : « Tu passeras pour mon agent et le soir, on picolera comme des ivrognes. Je n'ai pas envie d'y aller seule, pas le courage non plus. » Après la lecture devant les étudiants du département de littérature française de quelques passages sordides choisis par son éditrice, on avait marché tous les deux comme nous l'avions fait une nuit arrosée de la Saint-Sylvestre sur l'avenue Sherbrooke à Montréal quelques mois plus tôt. Mickie était alors à mon bras, et nous avions marché vite pour lutter contre le froid glacial qui mordait notre peau découverte. Nous avions croisé des couples ivres et rieurs, aux cheveux plein de confettis, et j'avais envié leurs sourires, leurs éclats de voix, la promesse de rapprochements physiques qui en émanait. Mickie souriait à la nuit synthétique tandis que nous échangions sur l'année passée et sur les promesses de celle à venir. C'est au coin de Sherbrooke et de Calixa Lavallée que l'amour que j'avais pour elle s'est révélé à moi. Il m'a fait mal dans la poitrine. C'était un amour qui ne s'épanouirait pas, qui n'atteindrait jamais son apogée. Je l'ai laissé sur le pas de sa porte alors que le jour se levait. Elle a disparu quelque mois plus tard comme elle était entrée dans ma vie, sans prévenir. Elle n'a jamais su combien elle avait compté pour moi. Je l'ai longtemps cherchée dans les rues de la ville. J'ai souvent traqué son fantôme sans parvenir à le saisir. J'ai souvent cherché le sourire qu'avait eu Mickie cette nuit-là. Ce quelque chose de si particulier qui m'avait enchainé à son souvenir, cette fragilité propre à l'enfance que l'on a envie d'étreindre. Je crois que j'étais conscient, dès les premiers instants de notre rencontre, de la fulgurance de son passage dans ma vie. J'ai compris que les lignes que traçaient nos existences ne se croiseraient qu'un bref moment pour partir ensuite dans des directions opposées. J'ai su que ce serait douloureux. Alors, j'ai mis cette histoire dans mes valises et je l'ai trainée partout avec moi, y compris au cœur des relations amoureuses qui ont suivi.

Mais ce soir-là à Québec, c'est devant un Saint-Laurent majestueux qui s'était depuis peu libéré de ses glaces qu'elle m'avait parlé d'elle comme elle ne l'avait jamais fait, m'en disant plus en quelques heures que durant toute notre relation. Elle m'avait parlé de son enfance dans la banlieue de Montréal au sein d'une famille d'ouvriers catholiques qui lui avait donné une éducation stricte, dénuée de tendresse. Elle avait passé son adolescence cloitrée dans sa chambre, dévorant des livres qu'elle louait en cachette à la bibliothèque municipale. Elle s'était totalement isolée du reste du monde pendant ces quelques années, se créant un univers à elle, inspiré des histoires qu'elle lisait avec boulimie. C'est dans cette chambre là qu'elle avait été abusée par un ami de la famille, un collègue de son père qui venait régulièrement chez eux pour des réunions syndicales. Jamais elle n'avait pu avouer à ses parents que cet homme lui avait volé son enfance. Ils ne l'auraient pas cru. Ils lui auraient reproché d'avoir détruit une vieille amitié, d'avoir gâché la tranquillité d'une vie sans histoires. Ils auraient peut-être cessé de l'aimer complètement. Alors, elle avait gardé cette blessure enfouie. Elle avait quitté, à l'âge de 16 ans, la maison familiale pour Québec et y avait fait ses études collégiales et universitaires : « J'ai tenté d'oublier tout ça dans les études, loin de chez moi, mais ça me collait à la peau. De fil en aiguille, de mauvaises rencontres en désespoirs, et aussi un peu par hasard, je me suis vendue. J'ai gagné assez d'argent en quelques mois pour partir et j'ai passé un an en France, à Paris, pour ma première année en faculté de lettres. Après l'enfer, j'ai découvert le ravissement. Ce qu'il y a d'injuste dans l'existence, c'est que bien souvent l'un ne vient pas sans l'autre. La vie, c'est un package deal parfois douteux, non ?»

Aussi loin qu'elle se souvenait, elle n'avait pas connu d'amour heureux. Si elle avait dû s'écorcher le corps après chaque déception, chaque trahison, elle serait morte au bout de son sang. Alors elle avait renoncé à l'amour et s'était consacrée au sexe, pour le plaisir immédiat, la jouissance facile et sans implication. Elle avait préféré le corps au cœur. Elle m'avait dit le regard un peu perdu : « C'est lorsque qu'un être humain nous a fait vraiment souffrir que l'on fait le seul et le vrai apprentissage de la mort. Que l'on prend donc conscience de la vie.» Une histoire foutument banale, comme elle disait. Une histoire foutument banale !

Mickie ne voulait pas d'enfants. À 29 ans, elle savait que la plupart des femmes de sa génération avaient déjà entamé la phase procréatrice de leur existence. Elle se faisait d'ailleurs un devoir de les fuir comme la peste et ainsi se soustraire à la comparaison, aux regards interrogateurs ou compassionnels. Elle expliquait qu'elle n'aurait jamais supporté de voir ses enfants l'aimer un peu moins chaque jour quand, à leur tour, ils auraient grandi, seraient tombés amoureux et qu'elle aurait perdu l'exclusivité de leur amour : « On ne peut pas bouffer ses enfants, n'est-ce pas, et comme je n'ai jamais souhaité faire les manchettes des journaux dans la rubrique Faits divers, je m'abstiendrai. Je préfère crever seule. André Gide disait : *« Pour moi être aimé n'est rien, c'est être préféré que je désire »*. Je n'ai jamais su si c'était la véritable raison de son choix, mais c'est ainsi qu'elle me l'avait présenté. Mickie avait le don de maquiller la réalité, de farder ses émotions et de boucler la conversation à double tour, d'un sourire désarmant.

Nous avons passé le dernier soir à Québec à boire dans un bar de la Grande-Allée. Mickie était sublime dans sa robe noire très courte. Ses cuisses longues et fermes attiraient les regards qu'elle faisait mine d'ignorer. Elle connaissait trop bien l'effet qu'elle faisait aux hommes, consciente que c'était la seule chose qu'elle maîtrisait vraiment dans la vie. Quand je lui ai dit qu'elle était ravissante, elle m'avait répondu : « Cadeau, fiston ! Profite ! » Elle dansait sans retenue sur la piste de danse, et moi, je buvais des Gin tonic en la contemplant. Elle passait ses mains dans ses cheveux qui cachaient son visage. Elle était sensuelle, seule au milieu des corps qui bougeaient autour d'elle. J'avais envie de la sentir contre moi, de toucher des doigts la moiteur de sa peau, de lui retirer ses gros bracelets de cuivre, son foulard de soie qui pendait devant sa poitrine découverte. J'avais envie de la voir nue, habillée de ses seules boucles d'oreille, de la voir allongée sur des draps blancs, un sourire immense de plaisir sur ses lèvres charnues, de la voir heureuse, dans le plus grand dénuement, comme au premier jour de la vie.

Nous avons terminé la soirée dans sa chambre d'hôtel où elle a ouvert le petit bar et continué de nous servir des verres. Elle a branché son lecteur CD portatif sur le système de son posé sur le bureau. Puis elle a allumé la télé et en a coupé le son, essayant d'harmoniser les images d'un vieux film américain en noir et blanc avec la musique qui murmurait. Mickie dansait lentement, les pieds-nus. Elle fredonnait une chanson poignante de Shawn Marshall, peut-être la plus belle chanson d'amour, comme elle le disait :

I will miss your heart so tender
And I will love this love forever.

J'ai saisi une feuille du petit calepin de l'hôtel sur laquelle j'ai griffonné quelques mots que j'ai glissé ensuite dans le sac à main de Mickie : « *Quelle est la réalité ? Celle du jour, froide, concrète et désespérée ? Ou bien celle de la nuit désinhibée où les émotions sont impudiques ? Je suis un pantin qui suit tes hanches hypnotiques. Nous avancerons, somnambules dans la vie chafouine, prisonniers de nos trajectoires.* »

Puis, elle s'est couchée sur le lit et m'a tendu la main pour que je la rejoigne. Je me suis couché à ses côtés et nous nous sommes enlacés. J'ai plongé mon visage dans ses cheveux. Son parfum y était resté imprégné.

-Tu n'es qu'un sale petit Français, souffla-t-elle. Pourquoi ne t'ai-je pas rencontré avant, quand ma mécanique était intacte, il y a bien longtemps, avant que je ne sois foutue ?

Mickie a pleuré dans mon cou et nous n'avons plus échangé un seul mot. La nuit a enveloppé les lumières de la ville qui semblait glisser dans le fleuve noir. Dans le ciel, un châle de nuages aux mailles distendues était transpercé par une lune immense. La fenêtre de la chambre ne nous en révélait qu'une infime portion, proche de la perfection.

16

La Méditerranée qui léchait les côtes de la Costa Brava apparaissait et disparaissait au détour de la route qui serpentait sous la chaleur. La Golf m'emportait toujours un peu plus loin sous le soleil haut perché. La route s'évaporait dans l'horizon. Je m'y sentais bien, si loin de ma vie que je ne comprenais plus et dont je m'étais détaché sans réel regret.

Les derniers mots que j'ai reçus de Mickie provenaient de New York au début du mois de mai 1998, tandis que je m'apprêtais à déposer mon mémoire de maîtrise à mon directeur. Mickie y avait passé la fin de semaine pour se « délester de quelques centaines de dollars » dans les boutiques très *in* de la grosse pomme. Le samedi soir, elle m'a écrit, depuis son hôtel de la 5ème avenue, une carte postale qu'elle avait achetée dans la boutique du Top of the rock, en haut du Rockefeller Plazza. La carte montrait une vue incroyable sur Long Island, dominé par l'immense flèche de l'Empire State Building et, au loin, les tours jumelles qui semblaient découper l'Hudson River. New York n'avait pas encore subi le traumatisme du 11 septembre, et la ville brillait dans une nuit soumise à une myriade de lumières, symboles de sa grandeur candide. Mickie aimait cette vue et s'y donnait rendez-vous à chacune de ses visites. Elle ne savait pas ce qui l'émouvait à ce point dans cet horizon, mais cela la retournait à en chialer. Quand j'ai reçu sa carte, Mickie était morte depuis deux jours. Je l'ai trouvée dans le fond de ma boîte aux lettres alors qu'une pluie froide tombait sur Montréal depuis 24 heures. Ma main qui tremblait comme une feuille la tenait du bout des doigts. Cette carte, qui montrait une ville sublime sur laquelle tombait doucement une nuit sans nuages, m'a fait l'effet d'un couteau en plein cœur. Mickie y avait écrit : « *J'aurais aimé que tu sois là. Alors tout aurait été parfait. Mais je sais tes engagements, petit Français... et les comprends. Tout à l'heure, la tête dans le ciel doux comme un coussin de ouate, j'ai cru sentir mon cœur apaisé. En tout cas, l'illusion était parfaite. Je t'embrasse, Oskar, et je ne t'oublie pas (comment le pourrais-je ?) Mickie*

Elle a quitté New York lundi en début d'après-midi et mis le cap sur Montréal. Mais son Audi A3 qu'elle avait achetée quelques semaines auparavant n'est jamais arrivée devant sa chambre d'hôtel de la rue Sainte Catherine. L'enquête a démontré que son véhicule avait heurté un sapin sur le bord de la route 9, entre Glenfalls et Lake George dans l'état de New York, après un dérapage et plusieurs tonneaux. Le coroner a rapporté que sa mort avait été observée par les premiers répondants à leur arrivée sur les lieux. L'impact avait été violent, au point de littéralement couper le véhicule en deux. Mickie n'avait eu aucune chance d'y survivre. La police a conclu que la vitesse au moment de l'accident était beaucoup plus élevée que celle permise et que l'absence de traces de freinage sur la route laissait penser que Mickie s'était endormie au volant.

C'est le mercredi matin, en revenant de l'université où j'avais déposé mon mémoire au secrétariat des études supérieures de l'université, que j'ai appris la mort de Mickie par hasard dans le journal. Une petite photo d'elle, dans un encadré en bas de la deuxième page, avait attiré mon attention. Elle arborait des cheveux courts, comme au moment de la sortie de son roman, et j'ai souri en pensant qu'elle aurait détesté cette vieille photo d'elle ainsi publiée sans son consentement. Mais très vite, j'ai parcouru les quelques lignes qui suivaient et incrédule, je me suis entendu lire à haute voix le filet qui annonçait sa mort accidentelle à l'âge de 29 ans. Je ne sais combien de temps s'est écoulé avant que je ne sorte de l'effroi qui s'était emparé de moi. Quand j'ai repris mes esprits, j'étais toujours assis dans le métro, étourdi et nauséeux. Je ne faisais pas partie de la famille, et personne n'aurait pu me prévenir avant. D'ailleurs, à ma connaissance, personne de son entourage n'a jamais su qui j'étais pour Mickie. J'ai débarqué à la station St Michel, presque seul dans le wagon, loin de mon appartement et j'ai vomi sur le quai tandis que le métro fermait ses portes. Une femme qui poussait son enfant dans une poussette s'est éloignée de moi. Elle m'a pris pour quelqu'un de peu recommandable qui vomissait ses abus à seulement 10 heures du matin. Je ne méritais aucune compassion, aucune forme de soutien. J'étais un individu seul face à sa peine dans l'absurdité d'une ville aveugle et sourde.

Une semaine plus tard, sa famille a organisé une cérémonie discrète dans un columbarium de sa ville natale où quelques personnalités du milieu de l'édition sont venues présenter rapidement leurs condoléances. Les parents, des sexagénaires gris qui portaient maladroitement le deuil de leur fille, serraient mollement les mains pleines de sympathie qui défilaient devant eux à un rythme régulier. Ils ne se sont probablement jamais demandé qui j'étais ni quel avait été le lien qui nous avait unis au point de m'arracher des larmes devant l'urne turquoise ornée d'une stupide colombe. D'ailleurs, ils s'en fichaient. Les couronnes de fleurs n'étaient pas celles commandées, et la pluie tombée les jours précédents avait transformé l'entrée du columbarium en piscine de boue. C'était trop de contrariétés en un seul jour! La journée était décevante.

La famille avait choisi l'incinération et l'urne était déposée à côté d'une photo d'elle recevant un prix littéraire pour son roman. Elle souriait. Elle était en vie. Dans ses yeux pourtant, dans ce qui aurait pu passer pour de la fierté, brillait une lueur sombre, un oxymore qui laissait présager le pire.

Le salon s'est rempli de personnes contrites, ne sachant pas comment exprimer leurs condoléances à ces parents déphasés. Mais il m'a semblé qu'aucune personne présente ce jour-là n'était à la hauteur du drame. Il n'y avait personne pour qui la mort de Mickie était dévastatrice, comme si elle n'était jamais entrée pleinement dans la vie d'un autre être humain. Comme si sa trajectoire n'en avait jamais croisé aucune autre suffisamment longtemps et intensément pour qu'elle ne s'y confonde. J'ai alors réalisé la valeur de notre histoire, et cela m'a fait mal. Je n'ai pas su de son vivant combien j'avais compté pour elle, mais j'ai réalisé devant ses cendres qu'elle m'avait aimé sûrement plus que je ne l'avais imaginé.

Je me souviens que j'ai passé l'après-midi dans la petite ville de banlieue, semblable à mille autres, où il était moins incongru de mourir que de vivre. Mickie l'avait fuie parce qu'elle ne souhaitait pas s'y enterrer vivante et un rapide tour de ville m'avait permis d'arriver aux mêmes conclusions. Pas étonnant que le désir d'itinérance de Mickie avait pris naissance ici. Je l'imaginais enfant, cette fillette aux grands yeux en amande qui déambulait sur les chemins bordant le fleuve. Elle avait les genoux cagneux, la démarche maladroite et des bras un peu trop longs qui encombraient ses pas. Elle ne parlait pas beaucoup, ayant déjà une préférence pour l'écrit et les silences. Les histoires qu'elle lisait jusque tard dans la nuit, à l'insu de ses parents, étaient autant de petits bateaux de papier qu'elle déposait sur les eaux du fleuve en leur souhaitant une longue dérive et peut-être une main pour les sauver des flots. À quoi rêvait-elle? Avait-elle senti qu'un jour l'innocence lui serait volée et qu'elle ne pourrait plus jamais rejoindre aucun port ? Je me suis assis sur un banc de bois sur le bord d'une piste cyclable qui faisait face au fleuve. Des êtres humains y erraient, courant après un sens à donner à leur vie, cherchant un IMC respectable. Le ciel était splendide. La nature de la fin de ce mois de mai exultait dans une orgie de couleurs et de parfums, et c'était aussi le jour le plus triste de ma vie. Il m'a semblé alors évident que Mickie s'était donné la mort au volant de sa voiture. Je l'ai vue clairement lâcher ses mains du volant et appuyer sur l'accélérateur. Elle a quitté cette vie, j'en suis convaincu, avec la certitude qu'il n'y avait pas d'autre issue possible. Tout lui a paru clair, je veux le croire. Elle a peut-être mis un CD dans l'autoradio, ouvert la fenêtre pour respirer à plein poumon l'air frais et les odeurs de sapin, puis elle a quitté la route et fermé les yeux. Tout était dans l'ordre, évident. Je me suis demandé alors ce qu'était devenu cette photo de nous prise dans un photomaton du métro de Montréal. Jamais nous ne nous étions projetés dans le futur, et c'est sûrement pour cette raison qu'il n'existait aucun autre cliché de nous deux, aucune autre trace de notre histoire. Mickie l'avait discrètement rangée dans son sac à main après un regard amusé, presque léger. Il m'est arrivé d'espérer qu'elle l'avait eue en sa possession, cette après-midi de mai, sur la route 9, près de Glenfalls, dans l'état de New York.

Quand je suis rentré dans mon appartement, le soir de ses funérailles, j'ai réuni tous les mots qu'elle m'avait écrits durant les quelques mois que nos vies s'étaient croisées, le roman qu'elle m'avait dédicacé et le dessin qu'elle avait glissé sous ma porte un soir de détresse. J'ai rangé le tout dans une boîte à chaussures qui m'a accompagné dans tous mes déménagements sans jamais l'ouvrir, faute de trouver une juste place à son souvenir dans la vie qui a suivi, sans elle. J'aurais aimé que notre histoire ne se termine pas ainsi. J'aurais aimé qu'elle m'accompagne longtemps, qu'elle soit mes après-midi de fuite, mes soirées d'ivresse. Que les années passent sur nos vies parallèles en nous sculptant une vieillesse que les souvenirs apaisent. J'aurais aimé qu'elle ne soit jamais bien loin.

Mickie n'a jamais su la sérénité sous ma peau à son contact, le calme qui m'envahissait quand elle se tenait là, tout près, ni la chaleur qui me pénétrait au son de sa voix. Elle n'a pas su que son amour pour moi était un refuge où je me blottissais. Ni Amélie ni les autres femmes qui ont partagé ma vie par la suite n'ont su le lien qui nous avait unis. Elle est restée en moi, prisonnière de souvenirs qui racontaient notre histoire. Elle est demeurée un secret sublimé que je n'ai partagé avec personne et qui n'a jamais autant pris de place dans ma vie que lorsqu'elle en est sortie.

J'ai garé la Golf sur le bord de la route, dans un petit stationnement réservé à l'observation du point de vue qu'il offrait sur la mer de la Costa Brava. La plage se découpait en contrebas et filait vers un horizon d'argent qui perçait la pupille de l'oeil. Le vent fouettait mon visage, et la lumière était celle d'une église, quand le soleil traverse sa nef et brise les perspectives. Mickie aurait sûrement adoré, mais c'est aussi l'instant qu'elle a choisi pour repartir, trois petits tours et puis s'en va ! Mon téléphone a vibré dans ma poche. Un message-texte venait d'entrer dans ma messagerie. Papa m'écrivait que tout allait bien et qu'il espérait qu'il en était de même pour moi. Il me parlait de ma mère qui se plaignait de la rareté de mes nouvelles. Il était quatre heures du matin pour lui. Il ne dormait pas à cause d'un prétendu mal de dos. Il m'embrassait. Peut-être regrettait-il de ne pas être capable de me demander de rentrer ? Peut-être a-t-il eu envie de pleurer en refermant le téléphone tandis qu'il soufflait la fumée de sa cigarette en direction de la lune. Alors, apercevant sa silhouette fatiguée, a-t-il pensé à sa vie qui avait passé si vite ? À son père aussi qui n'avait jamais su l'aimer et qui, d'une certaine façon, l'avait abandonné ? Il a songé peut-être qu'il est plus difficile de faire le deuil d'une personne qui n'est pas morte, mais qui pourtant a cessé d'exister dans son cœur.

Je me suis arrêté à quelques kilomètres de là dans un petit hôtel pour touristes qui offrait des chambres inconfortables et non-climatisées. La nuit qui a suivi a été courte et moite, ponctuée par les cris d'un nourrisson dans la chambre voisine, qui devait souffrir de la chaleur étouffante. Le lendemain matin, j'ai repris la route de bonne heure. À quelques mètres de l'hôtel, une pancarte routière indiquait : Barcelona 51km. Une jeune fille y avait accôté son énorme sac à dos et dressait son pouce aux automobilistes tandis qu'elle se brossait les dents. Elle n'avait pas plus de 20 ans et au bout de sa main gauche, elle tenait un carton où elle avait inscrit au feutre noir : *Morocco, por favor*.

La Golf s'est arrêtée presque malgré moi à son niveau, et je lui ai ouvert la porte. Elle a lancé son sac à dos sur la banquette arrière et m'a adressé un grand sourire en guise de merci. Elle s'appelait Julia.

17

-C'est beau une plage sous la pluie, vous ne trouvez pas ?

Une averse nous avait surpris sur la route, et Julia avait insisté pour que l'on s'arrête sur le bord d'une plage le temps d'une baignade. Elle était trempée jusqu'aux os et essayait de se réchauffer en se frottant vigoureusement avec sa serviette dans l'exiguïté de la voiture. Elle a enroulé sa serviette dans ses cheveux, et je me suis retourné tandis qu'elle se changeait. La pluie ruisselait sur les vitres embuées et m'empêchait d'y voir son reflet. Julia avait le regard profond et l'œil clair, des sourcils noirs naturellement froncés qui évoquaient la méfiance, celle des enfants farouches qui ne se laissent pas approcher. Mais quand elle souriait, c'est tout son visage qui se déliait, qui s'illuminait.

Plus tard, l'Andalousie se consumait à nouveau sous un soleil africain, et l'autoroute filait vers un horizon chancelant. Des panneaux avertissaient les automobilistes de la possible traversée d'ânes errants. La probabilité d'un danger imminent accélérait les battements de mon cœur, sans pour autant réussir à me faire ralentir. À vive allure, la voiture glissait sur l'asphalte risquant à chaque instant de percuter l'un de ces têtus équidés. Sur le bord de la route, quelques feux allumés par des mégots de cigarettes jetés nonchalamment semblaient nous plonger dans un enfer dont les portes s'ouvraient automatiquement, déclenchées par le seul mouvement de la Golf. Mais le feu s'étouffait aussi sur cette terre brûlée par des mois de sécheresse et la quasi absence de végétation. Les montagnes pelées, jonchées de pierres brûlantes, obstruaient l'horizon que nos yeux scrutaient pour y apercevoir la fin de cette désolation et la promesse de la Méditerranée. Les cheveux de Julia que le vent avait soustrait à leur attache, battaient son visage et son cou. Sa jupe remontait par moments très haut sur ses cuisses bronzées et laissait apparaître une épaisse cicatrice. Il m'a semblé que la plaie, un monticule noueux, s'était refermée sur une douleur, un secret que la chair avait absorbé. Julia somnolait derrière ses lunettes de soleil, et sa peau ruisselait sous la chaleur infernale de l'habitacle. Sa poitrine était recouverte de minuscules perles de sueur qui brillaient sous le soleil. Au loin, des éoliennes tournaient au ralenti et donnaient l'impression que l'on avait abandonné tout espoir de domination sur ce territoire affligé. Le paysage qui défilait a fait ressurgir les images en 8 mm que mon père projetait certains soirs de nostalgie sur les murs du salon. Mes grands-parents pique-niquaient sur le bord d'une route, sous un ciel immaculé. Les autochtones d'une autre époque avançaient doucement dans des mouvements saccadés que diffusait le vieux projecteur. Ma grand-mère souriait timidement devant l'objectif d'une caméra, seule témoin de leur voyage, tentant de dissimuler du revers de la main, une dentition un peu disgracieuse. Ses lèvres bougeaient, et l'on devinait des mots doux. Une autre automobile, d'autres êtres humains, 60 ans plus tard, et la même impression que la vie ici était relative. Sur des trajectoires parallèles et improbables, inscrites dans des espaces superposés, nous avancions vers l'Afrique comme l'avaient fait mes grands parents. Depuis que Julia était apparue avec sa pancarte à la main, le Maroc était devenu une obsession, une finalité à ce voyage qui à son origine, n'en avait pas.

Julia avait 20 ans et déjà quelques estafilades sur la carrosserie. Elle avait parcouru l'Europe durant trois mois un sac sur le dos et un chagrin au cœur ; une banale peine d'amour qu'elle avait fuie et espéré égrainer sur la route de ce qui ressemblait à un pèlerinage. Originaire d'un village du Nord de la France où les jeunes désabusés se faisaient la malle, elle avait gardé une tristesse bucolique dans le fond de l'œil que ses mèches brunes complices dissimulaient. Le Maroc était la destination finale de ce qu'elle considérait comme un traitement pour sa maladie d'amour. Elle ne m'a dit que peu de choses sur cette histoire. D'ailleurs, nous n'avons échangé que peu de mots sur notre passé durant ces quelques jours de voyage pour atteindre le Sud de l'Espagne. Il y avait une volonté commune et non concertée de ne s'inscrire pour une fois, que dans l'instant présent. Alors, je ne lui ai pas posé de questions le premier soir de notre voyage, quand dans la chambre d'hôtel que nous avons partagé dans la ville de Peniscola, j'ai aperçu le tatouage qui partait de sa nuque et qui descendait sur sa colonne vertébrale. La phrase était belle, et dure et se faisait la synthèse de cette histoire qu'elle avait fuie de tout son corps. Les quelques mots qu'elle avait fait pénétrer dans sa peau étaient là, mêlés d'encre et de sang, pour que tous ceux qui traverseraient sa vie un jour sachent que quelque chose en elle s'était éteint : *Moi sans toi ce n'est pas vraiment moi.*

Ce soir-là, la nuit était exquise. Les touristes avaient déserté la station et sur la plage, les vagues se déroulaient sur le sable. L'eau était encore chaude. Débarrassée de ses sandales, Julia a décidé d'atteindre par la plage, la citadelle juchée sur un rocher. Je l'ai suivie jusqu'en haut des remparts où le vent plus frais s'engouffrait dans les meurtrières. Elle s'est assise dans un créneau de la tour et a ressenti l'attrait du vide, la sensation de chute, une espèce de caresse qui oscille entre le plaisir et la douleur. Malgré moi, j'ai posé une main bienveillante sur son épaule.

- Là d'où je viens, un petit village près de Wissant dans le Nord de la France, les plages sont immenses. Parfois, elles semblent si grandes quand la mer se retire qu'il est presque intimidant de s'y promener.

Il n'y manque que la chaleur, celle qui caresse la peau et qui invite à s'y attarder. Des bras qui ne demandent que quelqu'un à mettre dedans.

Dans la chambre d'hôtel, Julia a éteint la lumière avant de retirer ses vêtements. Ses cheveux bouclés tombaient sur ses épaules un peu larges de nageuse. J'ai eu envie de coucher avec elle ne serait-ce que pour sentir sa chaleur et la douceur de sa peau jeune. Je l'ai écoutée respirer cette nuit là où la lune plaquait des ombres sur nos lits et j'ai eu du mal à m'endormir. J'ai pris mon téléphone et composé le numéro de mes parents pour les rassurer, pour leur donner une idée de ma situation géographique. J'ai pensé qu'il devait être important pour des parents de situer le plus souvent possible leur progéniture dans l'espace. Je suis tombé sur le répondeur et je n'ai pas su quoi laisser comme message. J'ai remarqué, pour la première fois, que la voix de ma mère avait vieilli, qu'elle était celle d'une vieille femme. Une femme qui avait ri, parlé, pleuré, crié d'innombrables fois dans sa vie. Une voix qui, maintenant, chuchotait et pensait tout haut. J'ai dit après le bip que j'allais bien, que j'étais sur la route et qu'ils me manquaient. Julia s'est retournée dans son lit. Son profil s'est découpé dans la pénombre, et elle a semblé parler à des visages disparus, des fantômes familiers. D'un mouvement qui évoquait une catin désarticulée, elle a déposé sa main sur son visage et un doigt sur l'arête fine et délicate de son nez. Julia était belle, et moi, si vieux. Mes parents voyaient-ils encore en moi l'enfant que j'avais été ? Souriaient-ils avec mélancolie devant les portraits de mon enfance ? Je me suis demandé si l'on cessait un jour d'être un enfant pour ses parents, une extension de soi que par égoïsme on aimerait cristalliser dans le temps et l'espace, pour ne jamais être seul face à soi même.

J'ai ouvert la fenêtre de la chambre et j'ai éteint l'air climatisé. Juste après le silence, j'ai écouté les vagues terminer leur voyage au pied de mon lit et je me suis engouffré dans la nuit avec cette musique et la silhouette de Julia pour m'accompagner.

18

Quelques kilomètres au sud d'Alicante, j'ai stationné la Golf fiévreuse sur le premier accotement que j'ai rencontré au pied d'un village perché sur une montagne crénelée qui surplombait la Méditerranée. Julia a souri de toutes ses dents devant la beauté du paysage. Sur toutes les radios, les animateurs évoquaient un début d'automne exceptionnellement chaud avant d'envoyer sur les ondes, les tubes qui avaient joué tout l'été. Julia a fait rouler sa jupe sur ses chevilles, attaché ses cheveux en chignon et s'est précipitée hors du véhicule pour courir sur le sable blanc jusqu'à ce que l'air devienne rare dans ses poumons. Le souffle court, elle s'est assise et elle a contemplé les vagues puissantes qui venaient s'échouer sur la plage et abandonner un tapis d'écume qui lentement s'infiltrait dans le sable. Le spectacle de ces lames, qui venaient disparaitre sur la plage, m'est apparu comme une métaphore de l'existence. Les rais de soleil faisaient scintiller des milliers de fragments de coquillages. On aurait dit des diamants pointus, des lames affilées qui viennent se loger profondément dans la voûte plantaire du promeneur. Cette beauté m'a glacé le sang, et j'ai eu peur pour Julia. Elle était là, assise au milieu d'un danger improbable, les coquillages tranchants comme des lames la séparant de moi. Et il m'a semblé que nous ne serions jamais plus aussi proches que durant cet instant.
- Oskar, tu m'accompagnes? On va transpercer les rouleaux!
J'ai refusé l'invitation, préférant admirer le spectacle de sa jeunesse insouciante. Puis, elle s'est levée et a filé dans la mer qui l'a engloutie. Elle est réapparue quelques longues secondes plus tard, à la surface d'une mer indomptée. J'ai enlevé mes chaussures près de la Golf et j'ai marché sur le sable presque brûlant. Julia est sortie de l'eau essoufflée et s'est allongée sur sa serviette. Je me suis assis à ses côtés et j'ai observé du coin de l'œil son ventre suivre le rythme

de sa respiration. L'eau perlait sur sa peau. Une légère brise la faisait frissonner. Elle a replacé ses lunettes fumées sur son nez et s'est offerte au soleil. J'ai pensé avec tristesse que ces moments rares étaient peut-être les derniers qu'il me serait permis de vivre avec elle. Je savais la brièveté de ces moments d'insouciance où, l'espace de quelques jours, j'ai accompagné Julia dans sa fuite, jumelée à la mienne, à l'abri des regards et des préjugés. Deux jours plus tard, je serais à nouveau seul et j'entamerais mon retour vers ma vie à la dérive.

Au loin, le cri des mouettes était porté par le vent du large. Les oiseaux déchainés se disputaient le cadavre d'un animal mort qui n'avait pas eu le temps de pourrir au soleil. La chorégraphie réalisée par les mouettes affamées rendait toute sa splendeur au spectacle macabre. Je me suis précipité pour tenter de chasser les charognards, mais au moment où j'allais prendre entre mes mains les restes de l'animal, la plus agile des mouettes s'en est emparée et s'est envolée, portée par une rafale de vent. Sur le sable, le corps du petit animal avait laissé son empreinte. En quelques minutes, le vent a tout effacé et a emporté le cri des mouettes. À quelques dizaines de mètres de moi, Julia se tenait debout, une main sur son front pour parer le soleil. Elle marchait en funambule, évitant malgré elle, les lames dissimulées sous le sable. Elle m'a fait un signe de la main que je lui ai retourné, mais des yeux, bien malgré moi, j'ai cherché la mouette qui avait volé le corps de l'animal et qui, quelque part entre les dunes et la mer, gardait jalousement dans son bec acéré, la saveur de la mort.

Julia et moi nous étions entendus pour continuer la route ensemble jusqu'à Almeria où elle prendrait le bateau pour le Maroc. Elle avait prévu y retrouver des amis de voyage rencontrés en Pologne au courant de l'été, des Allemands de Berlin, étudiants en histoire contemporaine. Ils avaient partagé la même auberge de jeunesse à Cracovie et avaient visité ensemble le camp d'extermination d'Auschwitz-Birkenau qui avait été pour elle un des moments les plus marquants de sa jeune existence. Elle avait été bouleversée par le silence qui semblait emprisonner des esprits et étouffer des hurlements. Elle s'était sentie honteuse d'appartenir à la même espèce que ceux qui avaient imaginé cette usine à tuer où tant d'êtres humains avaient été engloutis. Elle avait déambulé des heures dans le camp devenu un symbole du martyre des Juifs d'Europe en ressentant à chaque pas un profond malaise. Elle s'était sentie coupable de parcourir, selon sa propre volonté, un lieu que tant d'êtres humains auraient souhaité ne jamais fouler. C'était l'univers de Primo Lévi, un auteur qui m'avait ému par le récit de son expérience concentrationnaire et qui avait eu tant de mal à assumer son statut de survivant le reste de sa vie. Puis, le silence s'est installé entre nous. Un silence complice. Julia s'est assoupie au son des vagues. J'ai pris une photo avec mon téléphone qui montrait nos quatre pieds nus sur le sable et je l'ai utilisée comme fond d'écran. Et j'ai gardé ce qu'il y avait hors du cadre pour moi seul, pour plus tard.

Nous avons repris la route et, quelques kilomètres plus loin, la Méditerranée a disparu de notre champ de vision à mesure que nous entrions plus à l'intérieur des terres. On a roulé encore quelques heures jusqu'aux portes de l'Andalousie. De chaque côté de la route, des plantations d'orangers s'étendaient à perte de vue. On aurait pu alors crever là, sur cette route, écrasés par un autobus bourré de touristes, que je n'aurais pas bronché. J'ai imaginé nos chairs broyées, définitivement mêlées, qui pourrissaient sous le soleil et l'odeur de cette union posthume m'a donné le vertige. Cela m'a fait penser à ce livre consacré à la fin tragique de l'actrice Jayne

Mansfield dans un accident de voiture, sur une route déserte entre Biloxi et la Nouvelle Orléans, et la fascination macabre que cette mort a suscitée durant des décennies. Personne n'aurait jamais su par quel hasard le destin nous avait réunis dans cette voiture. On aurait imaginé une histoire d'amour incroyable que seule l'imagination peut faire naître. On aurait inventé une suite à notre histoire, une certaine éternité.

Les paysages qui défilaient sous nos yeux ressemblaient à des cartes postales, et la môme Julia s'en mettait plein la vue. Elle ouvrait des yeux gros comme des oranges, un peu comme au moment de l'orgasme. De la voir s'extasier comme ça, ça m'a donné un coup au cœur et une chair de poule pas possible. J'aurais bien aimé être à sa place, juste un instant, et voir avec ses yeux ce qui ne parvenait plus à m'émouvoir.

19

Julia fumait une cigarette, la tête tournée vers moi, accôtée sur la vitre de l'auto. Elle était belle. Je me suis félicité de l'avoir fait monter à bord de la Golf deux jours plus tôt. D'une certaine façon, je lui avais peut-être évité quelques mauvaises rencontres auxquelles pouvaient s'exposer des jeunes filles qui traversaient l'Europe en autostop. Du moins, je me plaisais à croire que j'avais interféré dans son destin. Elle a fumé sa cigarette en me regardant et remonté ses lunettes sur sa tête. Peut-être lui avais-je sauvé la vie ?

À l'approche d'Almeria, le soleil a entamé sa descente dans la Méditerranée. À perte de vue, des serres plastifiées défiguraient le paysage que le soleil couchant embrasait. C'était comme si un mauvais génie avait décidé d'emballer la terre sous vide. Sur des centaines de kilomètres carrés, on cultivait des fruits et des légumes destinés à nourrir des millions d'Européens. L'Europe avait installé son potager dans ces contrées que le soleil ne désertait jamais et qui offraient une main-d'œuvre africaine bon marché, prête à tout pour un visa ouvrant la porte à l'espace Schengen. D'immenses traversiers découpaient l'horizon, charriant des rêves et des illusions qui ne seraient jamais aussi beaux qu'entre les deux ports. Julia ne tenait plus en place. L'Afrique à portée de main, elle touchait son rêve du bout du doigt, celui qui l'avait mené jusqu'ici.

- « Quand je suis partie de chez moi, je me suis promis que ce voyage serait l'épilogue d'une histoire d'amour qui m'avait presque fait crever. Quand je serai en Afrique, je disperserai les cendres de cette histoire, car à défaut d'enterrer ses morts, il faut accepter de les laisser partir. Un soir où la douleur était si forte, j'ai cru sombrer dans la folie. Elle avait une voix chaude, réconfortante. Je l'ai sentie m'envelopper, se lover contre moi. Elle m'invitait à la suivre, se proposait de m'accompagner pour la vie. J'ai aimé ses mots doux qui me berçaient et m'apportaient enfin un peu de réconfort, après des semaines à n'être plus qu'une souffrance. J'ai saisi un couteau sur le comptoir de la cuisine plongée dans la pénombre et je me suis entaillée l'avant bras à plusieurs reprises parce que la douleur physique était plus tolérable que la douleur psychologique. Le sang qui a coulé faiblement sur le plancher a emporté avec lui un peu de ce poison qui me détruisait à petit feu. C'est en regardant les taches de sang que j'ai décidé de survivre. Ce soir-là, je suis sortie dans le jardin de la maison et j'ai allumé le brasero devant lequel je fumais des cigarettes en fixant les flammes qui dansaient dans les courants d'air. J'ai alors pris tout ce qui me restait de lui, ses lettres, ses mots doux qu'il laissait avant de partir travailler, ses cadeaux, ses photos où on se collait joue contre joue pour un selfie d'amoureux, un roman qu'il avait tant aimé et la carte sur laquelle il avait écrit les premiers mots qui m'étaient destinés. J'ai pris tout cela et j'ai alimenté le brasero. Et j'ai pleuré tellement fort que les sanglots m'ont coupé le souffle. J'ai regardé les flammes dévorer les traces de cet amour, jusqu'à ce que la dernière braise s'éteigne dans le noir de cette nuit où j'aurais pu mourir. Entre temps, la folie était repartie. Je me suis sentie vide. La douleur s'était atténuée. La chair avait entrepris son processus de cicatrisation. Rien ne pourrait jamais enlever notre histoire de ma vie, mais il me fallait maintenant accepter que ce prénom chéri, nommé, épelé jusqu'à la folie, se cristallise dans ma chair et ne se conjugue désormais qu'au passé. J'ai ensuite recueilli les cendres tièdes et je les ai placées dans une petite boîte de métal que j'utilisais petite fille pour y cacher mes trésors. Elle m'a accompagné sur mon chemin comme une extension de moi, un membre gangréné dont il fallait à tout prix me défaire. Quand je serai sur ce continent de feu, je répandrai les cendres de cette histoire. Elles se mêleront au sable, à la pierre usée, au vent, à la mer et qui sait si un jour, de cette mixture aléatoire, il ne renaîtra pas quelque chose de nouveau, qui ressemble à de l'espoir, quelque part ».

-Romantique, hein ? chuchota Julia.

-L'amour n'est jamais *quétaine,* comme on dit au Québec. Il peut se permettre tous les clichés sans jamais être ridicule, lui dis-je doucement.

Elle avait la voix qui tremblait. Chaque mot sorti de sa gorge l'avait écorchée. Entre temps, elle avait replacé ses lunettes sur son nez et ses yeux avaient disparu derrière une pénombre artificielle, un voile pudique sur ses souvenirs. Alors, j'ai posé ma main sur sa joue, tout en gardant les yeux sur la route. Mes doigts ont trouvé son visage, et sa joue s'est posée dans le creux de ma paume. J'ai failli m'arrêter sur le bord de la route pour la serrer dans mes bras, mais j'ai eu peur de chialer à mon tour et de mouiller son épaule caramel. Elle a déposé un baiser sur ma main puis l'a tenue dans la sienne sur sa cuisse un peu moite. La nuit est tombée quelques instants plus tard, et nous sommes entrés dans le centre d'Almeria par une nuit claire et silencieuse. La rue avait été nettoyée à grande eau après une journée de marché. La lumière des lampadaires qui s'y reflétait était fatiguée. Cela ressemblait à un palais de glaces.

20

Nous avons loué une chambre dans un hôtel du centre-ville à peu près désert. Le mobilier était abimé par les valises qui l'avaient percuté à de nombreuses reprises. Des valises anonymes s'étaient ouvertes et fermées sur des extraits de vies, dans un espace de transit. Dans cette chambre, des voyageurs s'étaient succédé, des parfums s'étaient mêlés, des ombres s'étaient croisées pour ne former qu'une seule et même histoire qui se répétait sans fin. Derrière les épais rideaux cramoisis, la porte-fenêtre ouvrait sur une étroite terrasse qui surplombait l'avenue désertée. Julia s'est installée dans l'ouverture et a contemplé la ville sous ses lumières. Dans la semi pénombre, les lueurs ont découpé sa silhouette et mis un peu de feu dans ses cheveux. Sa chair a absorbé ses vêtements pour ne laisser que des courbes émouvantes entre elle et moi. Julia a passé la main dans ses cheveux, lentement, et autour de son bras en suspens gravitaient des particules de poussière fixées par un rai de lumière. Elle m'est apparue en une image sacrée, une représentation d'anthologie. J'aurais voulu me traîner à ses pieds, m'accrocher à ses jambes pour la supplier de m'envelopper de sa grâce, à l'instar des personnages au visage extasié du peintre Von Cornelius. Et lâcher prise.

Julia a ouvert la porte-fenêtre et laissé entrer la douce fraicheur de la nuit. Les rideaux ont frissonné, bousculés par la brise andalouse. Elle a retiré ses sandales, puis s'est dirigée vers son sac à dos d'où elle a sorti un petit sachet d'herbe acheté quelques jours plus tôt sur la *Rambla* à Barcelone. Elle a roulé avec expertise un joint de marijuana que nous avons fumé assis face à face sur la terrasse. L'épaisse fumée a fait un lien entre nos deux bouches qui très vite se sont déliées. L'avenue illuminée traçait une ligne droite, au travers de la ville, jusqu'à la médina en contrebas où elle se perdait dans l'enchevêtrement des ruelles. Des colonies de chauves-souris la parcouraient en dessinant des chorégraphies gracieuses, des arabesques colorées. Julia s'est levée, émerveillée par le spectacle improbable des chiroptères qui soudainement s'étaient emparé de l'avenue. La marijuana a écarquillé nos pupilles dans la nuit, et nos regards se sont envolés eux aussi, rebondissant sur les façades des immeubles. De longues minutes se sont égrainées comme cela. Un peu plus loin, dans la nuit parfaite, des bateaux puissants se préparaient à quitter le continent. Par-dessus le toit des maisons, on devinait leur masse plantée dans les eaux cristallines du port. Elle s'est levée et s'est dirigée avec lenteur jusqu'à son lit. Elle a ôté tous ses vêtements, et la tâche noire de son sexe s'est détachée de la pénombre. Son corps nu avait les ondulations d'un serpent ivre de soleil qui recherche la fraicheur de l'ombre. Elle s'est allongée sur son lit sans défaire les draps et a allumé une cigarette. La luciole de nicotine allait de ses doigts à sa bouche et se déposait sur sa cuisse immobile. En bas, dans la rue, un homme a crié quelque chose en espagnol qui l'a fait rire. Et ce rire a été le plus beau que j'ai entendu de ma vie. Il était porté par l'espoir de la fin d'une douleur qui l'avait trop longtemps piétinée :

- Tu n'as pas envie de moi, Oskar ? Ça fait trois jours qu'on fait la route ensemble, seuls au monde, et jamais tu n'as tenté quelque chose. Je ne te plais pas ?

La voix de Julia était douce. Elle avait la chaleur des mots que l'on chuchote quand le désir est trop fort et qu'il n'y a plus que le corps qui existe. Puis elle s'est levée, a relevé ses bras pour attacher ses cheveux ce qui a aplati un peu plus sa poitrine. Elle est entrée dans la salle de bain et a fermé la porte derrière elle. Elle a fait couler l'eau de la douche, et je suis sorti sur la terrasse. De la rue remontait jusqu'à moi la chaleur du soleil qui avait embrasé l'asphalte toute la journée. J'ai pensé à toute cette route que j'avais faite ces dernières semaines, à ma vie dans laquelle j'avais erré sans savoir ma place ni mon rôle. La route m'avait offert une trajectoire, des possibilités, des traverses que j'avais empruntées, au hasard, par instinct. J'y avais croisé des êtres humains que je n'avais pas su aimer, parce que je ne les avais pas vraiment vus. Ils avaient été des images, des surfaces planes dont je n'avais su voir la dimension. J'avais tourné autour d'eux sans en apercevoir les perspectives.

Tandis que l'eau de la douche coulait, j'ai imaginé son corps jeune et beau, le galbe de ses seins et de ses fesses, sa peau au grain si fin et la marque du soleil sur son dos. J'ai eu envie de la caresser des yeux, puis des mains, de laisser mes doigts descendre de ses cheveux mouillés à ses épaules, puis de sa poitrine à son ventre jusqu'à son sexe. J'ai eu envie d'elle, d'entrer en elle avec mes doigts, puis avec mon sexe et de nouer un peu plus ce lien qui demeurerait, avant que tout s'arrête, bien sûr, et que ne nous n'en gardions que quelques images. Puis des sanglots étouffés sont venus de la salle de bain. J'ai frappé sur la porte pour m'enquérir de ce qui n'allait pas. Julia n'a pas répondu. J'ai poussé la porte doucement. Elle était debout sur la serviette de bain de l'hôtel, les bras le long du corps, immobile et ruisselante. Les sanglots la faisaient trembler. Je l'ai prise dans mes bras et les siens se sont accrochés à mon cou puis elle a collé son visage sur ma poitrine. Tout son corps grelotait dans un abandon total. Elle avait enfin lâché prise. Elle avait accepté ce destin qu'elle avait repoussé de tout son corps. Elle avait compris qui elle était. Je l'ai alors essuyé pour chasser le frisson qui retournait sa peau. Elle s'est laissée faire comme un malade s'abandonne aux soins de l'infirmière, puis je l'ai portée jusqu'à son lit. Son ventre se creusait sous chacune de ses respirations et faisait danser le creux de son nombril. J'ai ensuite recouvert son corps nu et je me suis assis à ses côtés en passant ma main dans ses cheveux et sur sa joue. J'ai pensé que les êtres humains ne s'aimaient plus beaucoup, que partout l'absence d'amour était criante et les corps se faisaient plus de mal que de bien. Moi même, avais-je déjà su aimer? La question a rebondi dans ma tête, à la recherche d'une réponse. Puis j'ai dit à Julia avant qu'elle ne s'endorme :

-Je n'ai jamais su me défaire de mes fantômes. Et je crois qu'ils ont une place dans ma vie. Qu'ils la rendent sinon compréhensive, du moins acceptable. J'ai de la place pour eux comme il y en aura toujours pour toi.

Nous n'avons plus dit un mot, et elle s'est endormie contre moi.

Très bientôt sa peau brûlerait sous un soleil africain, mais cette nuit-là, c'est contre la mienne qu'elle a trouvé sa chaleur, contre mon corps qui aurait aimé exister dans ses yeux, sur ses lèvres, sous ses doigts.

21

Aux premières heures du jour, le port s'est animé, chahuté par des centaines d'étrangers qui avaient traversé l'Europe pour rejoindre l'Afrique à moindre coût. Des automobiles chargées comme des mules, croulant sous d'improbables montagnes de valises juchées sur les toits, circulaient dans un brouhaha cohérent. Un mélange d'odeurs de sueur, d'épices et de gaz d'échappement exhalait de la cohue et rajoutait à la chaleur et la fatigue, une chape d'écoeurement. Ces caravanes s'étaient frayé un chemin depuis les confins de l'Europe jusqu'ici, où quelques heures de bateau les séparaient du bled de leurs ancêtres. Les automobiles formaient une longue queue impatiente, prête pour l'embarquement. Plusieurs générations s'entassaient dans des véhicules épuisés, où les cris des nourrissons accentuaient la fatigue des ainés. Julia avait retrouvé ses amis allemands avec lesquels elle conversait en anglais, et le petit groupe trépignait d'impatience devant l'imposante masse du traversier d'acier. Ils se souriaient. Je suis resté en retrait. J'avais vieilli en quelques secondes face à la réalité qui était réapparue crue et violente. Soudain, il n'y avait plus de place pour moi entre leur jeunesse et les énormes sacs à dos soudés à leurs épaules. J'allais retourner à ma vie avec le désir de laisser sur ce quai tout ce qui n'y avait plus de place et tout ce qui n'avait été que temporaire. Julia m'observait du coin de l'œil, et j'ai vu une infinie tristesse s'emparer d'elle. Son sac cachait une partie de son tatouage qui courait sur ses épaules où on ne lisait plus que : *Moi sans toi...* Ses lèvres bougeaient, souriaient, mais ses yeux se plantaient dans les miens, investis déjà de la nostalgie de ces quelques jours passés ensemble. Ils disaient ce que les mots ne savent transcrire. Puis, l'embarquement a commencé tandis que le soleil continuait de réchauffer le port. Julia avançait à petits pas dans la file, son ticket à la main. Ses longs doigts qui malmenaient le petit bout de carton trahissaient sa nervosité alors qu'elle approchait du point de non-retour près de la passerelle. Alors, je me suis engouffré dans la file d'attente et je l'ai rejointe avant qu'elle ne donne son billet au préposé. Je l'ai serré contre moi, très fort, pour sentir ses os dans ma chair. Elle m'a embrassé sur la bouche doucement puis un sourire a éteint sa voix. Et elle est partie.

Je l'ai regardé monter à bord. Je n'ai pas retenu sa main qui glissait dans la mienne. Je n'ai pas serré son bras pour partir avec elle, pour embrasser ce destin inattendu apparu sur les autoroutes andalouses. Elle s'est éloignée et son visage a disparu lentement dans l'horizon brumeux que la Méditerranée recrachait depuis le large. J'ai regardé longuement dans sa direction, jusqu'à ce que le paquebot se confonde avec la mer et qu'il disparaisse sur la ligne d'horizon. J'ai prié fort pour oublier ce que j'avais été à ses côtés, pour que son absence qui devenait effective soit moins douloureuse. J'ai pensé qu'elle était trop jeune pour écrire sous sa peau, à l'encre indélébile, les mots d'une histoire cruelle. Elle avait le temps devant elle pour effacer tout cela.

Quelques heures plus tard, j'ai laissé la Golf sur un chemin isolé au nord d'Alméria, à l'entrée du désert de Tabernas. La carte indiquait que le désert s'étendait sur plus de 10000 hectares jusqu'au pied de la Sierra Nevada à l'ouest, dont j'apercevais les sommets enneigés. J'avais roulé comme un fou sur l'autoroute, faisant révolutionner le moteur à son maximum. Il avait vrombi si fort que l'habitacle tout entier avait frissonné. À plus de 200km/heure sur l'asphalte ramollie, mon rythme cardiaque s'était emballé jusqu'à me couper le souffle, et le radiateur de la voiture en avait souffert. Lorsque je suis arrivé au sommet d'une longue côte qui débouchait sur le désert, un voyant s'est allumé sur le tableau de bord. Alors, seulement, j'ai ralenti et j'ai cherché un endroit où reposer la mécanique de la voiture que j'avais battue sans ménagement. Sans y réfléchir, j'ai saisi mon sac à dos sur le siège passager et j'ai abandonné la voiture à l'entrée d'un chemin de terre qui s'enfonçait dans un paysage pétri de désolation.

Devant moi, des montagnes pelées et imposantes se dessinaient. Des touffes d'herbes jaunies craquaient sous mes pieds. J'ai marché plusieurs heures droit devant moi jusqu'à ce que le chemin disparaisse, au travers de paysages lunaires plantés sur une terre oubliée. J'ai senti ma peau rougir sous un soleil encore haut à cette saison. En fin d'après-midi, je suis arrivé à l'entrée d'un improbable village apparu de nulle part comme un mirage. J'ai d'abord cru aux effets d'une insolation provoquée par la longue marche sous la canicule. Puis la barrière franchie, les décors d'un village d'une autre époque m'ont accueilli. Des façades de village de Far West léché par le vent et cuit par un soleil acharné reconstituaient un *el dorado* américain d'une autre époque. Entre les fausses devantures, de vraies boutiques souvenirs fermées durant la saison morte, proposaient des séances photo en habits de cowboy et d'indiens pour 20 euros. Plus loin, une billetterie dans une guitoune vendait un forfait balade en diligence et simulation d'attaque par de cruels Peaux-Rouges qui *laisserait des souvenirs impérissables pour toute la famille*. Des enfants blonds aux yeux bleus, sûrement américains, souriaient sur l'affiche publicitaire, une barbe à papa dans une main et un colt en plastique dans l'autre.

Les rues de terre étaient balayées par le vent qui transportait une poussière orangée sur les murs des façades factices, ajoutant un peu d'authenticité au village. Sur le mur du saloon, une pancarte expliquait en trois langues que le village avait accueilli de nombreux tournages de films d'époque depuis plus de 50 ans et que de nombreuses stars de cinéma américaines et européennes étaient venues dans ce désert y tourner des classiques du western spaghetti. D'avril à août, chaque année, des touristes venaient se perdre ici et se prêter à la farce pour leurs enfants blasés. Le reste de l'année, le village ne servait plus qu'à de rares tournages, le genre n'étant plus vraiment à la mode. Puis était affiché une liste exhaustive des longs métrages les plus célèbres tournés dans le désert dans laquelle figurait *Mon nom est personne* de Sergio Leone, avec Henry Fonda et Terence Hill, l'acteur au regard bleu azur qui avait fasciné l'imaginaire de mon enfance turbulente. Je me suis revu un soir dans le salon de la maison avec mon père, assis à côté de lui sur le canapé de velours, le chien entre nous, guettant le pop corn saupoudré de sucre glace qui collait aux doigts. La musique composée par Ennio Morricone s'inscrivait dans ma mémoire tandis que mes héros au regard magnifique affrontaient la horde sauvage. Papa fumait des cigarettes blondes et flattait son chien qui somnolait. J'avais fini par m'endormir avant la fin, et Papa m'avait réveillé au générique. Mais la soirée avait été magique. Bien longtemps plus tard, alors que j'avais atteint, selon les statistiques démographiques, la moitié de ma vie, mon univers de petit garçon ressurgissait. Tout était plus petit, moins enchanté. Une réalité travestie ! Ce village préfabriqué révélait un mensonge sur lequel l'existence se bâtit trop souvent. Ce village, c'était le cimetière des rêves d'enfants, le charnier des innocences disparues, enfouies loin des regards. Je me suis senti à la fois stupide et honteux d'avoir vieilli et d'avoir compris qu'il faut laisser l'enfance où elle est pour ne pas en briser l'enchantement.

La nuit allait tomber dans le désert, et le ciel rougissait à l'approche du soleil sur la ligne d'horizon. Je n'ai pas eu la force de faire demi tour et rejoindre la voiture, craignant aussi de me perdre dans la nuit. J'ai cherché un endroit où dormir dans le village fantôme et j'ai trouvé un petit cabanon derrière des décors où des étudiants mal payés avaient entassé pêle-mêle de faux cactus sur lequel l'un d'entre eux, aux prises avec l'ennui, avait dessiné un pénis démesuré. J'ai forcé le fragile cadenas qui fermait la porte et me suis réfugié à l'intérieur. La nuit est tombée sur le désert en quelques minutes, et le silence s'est installé. Seul le vent sifflait doucement dans les buissons. La lune m'a semblé plus grosse qu'à l'habitude et elle a entrepris son ascension. Mon téléphone m'a averti par une sonnerie que la batterie fonctionnait maintenant sur la réserve au même moment où un message texte de mon père est entré dans la messagerie. Il disait : « Nous attendons de tes nouvelles mon fils. Quand reviens-tu ? Papa. »

Je me suis endormi avec une impression de fin du monde. J'ai rêvé à des cataclysmes nucléaires auxquels j'assistais depuis le toit du saloon en compagnie de Richard Gaudon qui portait un casque de soudeur sur le visage pour protéger ses yeux de l'éblouissement causé par l'explosion. Un immense sourire jubilatoire, celui du vestiaire et de la Totenkopf, dévoilait la férocité d'autrefois qui m'avait terrorisé.

-Regarde mec, tout va péter. On ne pouvait avoir de meilleures places!

L'onde meurtrière a soulevé les montagnes et la mer, les repoussant comme de vulgaires couvertures, et a englouti le désert. Richard souriait devant le spectacle apocalyptique. La déshydratation avait fait son œuvre sur mon organisme et la fièvre me faisait frissonner. J'ai cru que mon corps d'adulte allait enfin retrouver son âme d'enfant et que les portes de l'antichambre de la mort allaient se refermer sur moi. *In the sun i feel as one… All alone is all we are* martelait Cobain !

Je me suis interrogé sur ce qui resterait de ma vie, tous ces jours insaisissables qui avaient filé. Quelle est l'espérance de vie d'un souvenir, quand son hôte disparait?

Je me suis réveillé aux aurores, transi de fièvre et de froid. Quelques chiens sauvages déambulaient dans les rues du village. L'un d'entre eux, malingre et disgracieux, m'observait d'un œil menaçant. Sur son dos, de longues cicatrices lui rappelaient combien les hommes sont cruels et méchants. Dans de pénibles contorsions, il léchait ses plaies qui ne cicatrisaient pas. J'ai rebroussé chemin pour rejoindre la route. Les jambes molles, un frisson au corps et la tête écrasée par la douleur, j'ai marché péniblement. Il me semblait voir la voiture au loin qui toujours se dérobait. Elle gisait sous le soleil accablant, sur la route du sud qui sinuait avec langueur entre les montagnes et les côtes désertées. Les chiens m'ont accompagné encore un moment, de loin, pour s'assurer que je quittais leur territoire.

Puis ils sont sortis des ombres frêles des caroubiers centenaires et ont longé la route à la recherche d'un cadavre animal à se disputer. Je me suis assis dans la voiture et me suis endormi, l'œil fixé sur le soleil à son nadir. Et puis plus rien d'autre que l'obscurité.

22

À travers la fenêtre de la chambre aux couleurs ternes, les toits de la ville s'enflammaient dans le soleil matinal. Les lumières ont plongé en profondeur dans ma rétine et ont réveillé la migraine qui s'était enracinée dans les fibres de ma cervelle quelque part dans la solitude du désert. Un cathéter m'alimentait d'un liquide transparent contenu dans une poche de plastique fixée en haut d'une perche sur roulette. Dans le coin droit du plafond, une télévision allumée en sourdine se reflétait dans la fenêtre. Une jeune femme dans un tailleur moulant gigotait devant une carte du sud de l'Espagne constellée de petits soleils. La météo s'annonçait encore bonne pour la journée et faisait le bonheur de la miss météo qui ne se sentait bien qu'en portant des tenues légères.

Une infirmière est entrée dans la chambre et m'a apporté un plateau-repas. Elle m'a souri quand elle a réalisé que j'étais réveillé. Elle m'a adressé quelques mots que je n'ai pas compris, puis elle a déposé le plateau devant moi en baragouinant un « bon appétit » maladroit. Puis, je me suis revu errant dans le désert et j'ai ressenti la douleur sourde dans ma tête. J'ai revu les chiens galeux, le village comme mausolée de mon enfance, puis le trou noir qui m'avait aspiré dans la Golf. Un jeune médecin à la beauté insolente a succédé à l'infirmière. Il m'a expliqué dans un français impeccable que j'étais soigné pour une sévère déshydratation, que ma situation était stabilisée et que je demeurerai sous observation durant 24 heures. Il m'a expliqué que c'était un maraicher du coin qui m'avait trouvé sur le bord de la route et amené aux urgences. Sans lui, j'aurais pu y rester. J'avais eu de la chance. Il m'a ensuite questionné sur les raisons de ma présence dans cet endroit désertique et sur mes intentions. Sans le nommer, il évoquait le suicide. Je l'ai vite rassuré en souriant et en parlant plutôt de mauvaises décisions, d'erreur de jugement et de concours de circonstances. Il n'a pas insisté, puis est resté encore quelques minutes pour bavarder. Il m'a raconté qu'il avait appris le français lors de son année d'étude à Montpellier, dans le cadre du programme Erasmus. Une des plus belles années de sa vie, m'a-t-il dit. Je l'ai déçu quelque peu quand je lui ai répondu que je vivais au Québec.

Aucun membre de ma famille n'avait été prévenu. Je l'ai remercié de ne pas avoir inquiété mes proches tandis qu'il consultait le rapport médical au pied de mon lit. Il souhaitait encore me garder en observation pour la nuit et me donner congé le lendemain matin.

J'ai passé la soirée en jaquette d'hôpital à parcourir les couloirs désertés d'un dimanche soir. Après le souper médiocre, un silence ponctué par le tintement des appareils médicaux qui révélaient des signes vitaux et les râles des patients en souffrance, s'est emparé des lieux. Dans la pénombre laiteuse des couloirs, je me suis enfoncé sans résistance. À l'étage des crânes chauves, aucune discrimination. Tous les corps s'y rencontraient sans exception. Les peaux translucides et chimiques qui y reposaient enfermaient la mort. Celle-ci l'emportait plus que de raison sur les espérances et les prières selon un scénario souvent prévisible.

Quelques rires étouffés s'échappaient d'une salle du personnel. Des hommes et des femmes en blouse verte buvaient du café en mangeant des tapas. Ils étaient un phare dans cette nuit douloureuse de lumières halogènes qui, chaque jour, engloutissait des êtres et les digérait. Ils étaient jeunes et déjà sûrement bien abimés par cette souffrance quotidienne qui était la matière première inépuisable de leur travail. Alors, ils riaient un peu pour alléger cette atmosphère comme le font les dentistes avec la musique d'ambiance que l'on retrouve dans tous les cabinets du monde. Au Moyen Âge, les arracheurs de dents qui officiaient sur la place publique étaient toujours accompagnés de musiciens qui avaient pour mission de camoufler les cris de douleur des patients malmenés. Que faisaient-ils aujourd'hui pour repousser la mort, pour ne pas que son image les accompagne jusque dehors, dans leur vie à eux, pour ne pas que son odeur s'inscrive jusque dans leur chair, dans leur lit? Faisaient-ils souvent l'amour ? Jouissaient-ils plus forts, conscients plus que tout autre de la fragilité de l'existence ?

Depuis la fenêtre de ma chambre, je pouvais deviner au loin la Méditerranée, dominée par la lueur ivoirine d'une lune verticale. Mon téléphone posé sur la petite table de la chambre s'est mis à vibrer. Julia avait écrit : « J'ai donné au vent tout à l'heure, les cendres du passé. Légère et apaisée, je poursuis ce périple. Ne me laisse pas trop longtemps sans nouvelles». J'ai éteint le téléphone en songeant à tous ceux que j'avais négligés ces dernières semaines en demeurant sourd à leurs appels. Puis une chanson de Balavoine m'est revenue à l'esprit, une chanson issue de mon enfance. Je l'associais à la grande maison et à la radio de la cuisine qui crachait des hits certains après-midi d'été, quand maman préparait des confitures de framboise, des terrines de lapin et autres ratatouilles. Maman était joyeuse lorsqu'affectée à la confection de la nourriture qu'elle déposait sur la table de la cuisine avec contentement. Cela la remplissait d'un plaisir sans égal que je n'ai retrouvé chez elle dans aucune autre situation. Alors, pour ajouter à son bonheur trop peu souvent parfait, elle allumait la radio. Un tablier de cuisine autour de la taille, les yeux sur un livre de recettes qu'elle consultait religieusement, elle avait fredonné cette chanson de Balavoine. Et bien plus tard, alors que tout avait changé, que nous avions tous vieilli, ces paroles revenaient, décalées et contradictoires avec ces souvenirs : « *J'veux mourir malheureux pour ne rien regretter, j'veux mourir malheureux…* ».

23

J'ai effectué ma remontée sur Paris avec le minimum d'arrêts en l'espace de 48 heures, ne m'arrêtant qu'une seule nuit, épuisé, à la frontière franco-espagnole dans un petit hôtel aux chambres fraichement rénovées. La température avait chuté brutalement quelques heures après mon départ d'Almeria, le matin de ma sortie de l'hôpital, après un dernier *check-up* effectué par le jeune médecin francophile. Et ce changement de température m'a rendu nostalgique. Il m'a semblé impératif de rentrer chez moi, de retrouver des façades familières d'édifices hideux, les foules anonymes et consonantes du métro. La Golf avançait à toute allure sur les autoroutes désertées de la côte espagnole, obéissant docilement à mes manœuvres, répondant à mes urgences. Le silence s'est imposé dans l'habitacle de la voiture d'où Julia n'avait pas totalement disparu. À l'extérieur, le ciel s'est chargé d'immenses nuages noirs qui m'ont accompagné inlassablement. En quelques heures, l'automne s'est installé, faisant mentir les prévisions pourtant optimistes des derniers jours. La Méditerranée s'est assombrie et a chassé les derniers touristes, lasse de leur oisiveté. Pas même les mouettes qui tournaient au dessus des vagues propulsées par le large n'osaient la toucher.

J'ai traversé la France au même rythme, voyant défiler des campagnes tristes où déambulaient des êtres déconfits, des chairs propices à un alcoolisme salvateur. J'ai avalé les kilomètres, sans repos, tout en me demandant si mon existence me serait un jour à nouveau compréhensible. Selon le principe anthropique qu'Amélie avait tenté un jour de m'expliquer après que nous ayons fait l'amour longuement sous amphétamines, notre univers était une entité physique en expansion, livrée à la seule interprétation de notre espèce. Et cet univers, affirmait-t-elle en adepte convaincue de la thèse, ne pouvait qu'être compatible avec nous. Pourtant, ce même espace qui défilait sous mes yeux m'était étranger et se dérobait à ma compréhension. Il m'apparaissait douloureusement comme un lieu où errent des êtres emprisonnés sous des écorces. Cet espace révélait les vides qui traversaient nos existences et les fixait dans l'instant comme une vérité absolue, dévastatrice. Amélie m'avait dit que selon le même principe, si la lune n'existait pas, l'axe de rotation de notre planète aurait pu changer constamment, rendant l'apparition de la vie sur terre très difficile, voir impossible. Sans cet astre froid et satellitaire, d'apparence inutile, rien n'aurait été possible à part le vide. Et c'est sûrement pour cette raison que la Terre n'a jamais été si belle que depuis la Lune, que l'aléatoire n'a jamais été aussi essentiel.

Je me suis arrêté dans une aire d'autoroute au moment où la pluie a commencé de tomber. Dans la halte routière, j'ai bu un café étonnamment bon qui m'a réconforté. D'autres hommes fumaient devant la porte d'entrée, acceptant la pluie froide sur leurs épaules contre quelques doses de nicotine. À l'intérieur, attablées devant des chocolats chauds et des sandwichs jambon-beurre, des femmes épuisées nourrissaient mécaniquement des enfants turbulents. Elles n'aimaient pas beaucoup leurs vies, leurs maris qui se désistaient de leurs devoirs paternels, leurs boulots qui les attendaient dès le lendemain, la vieillesse qui les guettait, la solitude qui les menaçait. Elles n'avaient pas beaucoup le temps d'y penser, mais elles se doutaient que le pire était à venir, et une sueur froide coulait le long de leur colonne vertébrale. Le principe anthropique n'était-il acceptable que sous l'effet de désinhibants, lorsque la vieillesse n'est encore qu'un concept abstrait?

Avant de reprendre la route, j'ai téléphoné à ma grand-mère pour lui annoncer que je viendrai lui rendre visite le lendemain, avant mon retour à Montréal. Elle était heureuse de cette nouvelle alors que notre dernière rencontre remontait à une dizaine d'années. Elle m'a averti que mon grand-père était très abimé par l'âge et l'AVC qui l'avait paralysé l'année précédente en plus d'avoir rendu son élocution difficile. Elle cherchait les mots pour me dire qu'il s'agissait maintenant d'un vieillard qui vivait les derniers mois de sa vie. J'ai senti au travers de son rire nerveux qu'elle redoutait un peu ma réaction et qu'elle ne savait pas si mon grand-père, autrefois si orgueilleux et fier, aimerait que je le voie ainsi diminué. Elle n'a pas eu besoin de le dire, mais j'ai compris qu'elle aurait préféré que je ne vienne pas. Je l'ai rassurée en lui promettant de ne pas m'attarder.

24

Si j'avais dû être un meurtrier, si j'en avais eu les ambitions, j'aurais sans aucun doute assassiné mes grands-parents. Je leur aurais évité les outrages ignobles de la lente agonie. Cela m'aurait peut-être moins abimé que d'assister, même à distance, même brièvement, à ce triste spectacle. Mais j'ai toujours été un lâche, un homme de demi-mesure, lisse et satisfait par le confort d'une existence fataliste où l'acceptation amène à la foi ou à l'oubli.

J'ai frappé à la porte du pavillon de mes grands-parents vers 10 heures du matin, après avoir passé la nuit dans un hôtel Formule 1 inconfortable où je n'avais pu me reposer. Mes voisins de chambre, des jeunes gens totalement alcoolisés, avaient passé la soirée à gueuler devant un match de leur équipe de football préférée et avaient ensuite célébré bruyamment leur victoire malgré les appels de la réception qui les rappelait à l'ordre.

Sur le perron, un tapis de feuilles de marronnier s'était formé. On ne distinguait plus le paillasson usé. Seuls les pics du hérisson en bois traversaient les feuilles noircies. Sous le porche, devant la porte, grand-mère avait déposé son cabas qu'elle n'utilisait visiblement plus depuis des lustres. Elle avait elle aussi de la difficulté à marcher, l'arthrose attaquant maintenant ses hanches après avoir investi ses chevilles et ses genoux. Elle s'était résignée à ne plus quitter la maison. Elle refusait d'utiliser une canne et elle se dandinait péniblement, ne pouvant plus effectuer de commissions à pieds. Chaque matin, quand elle faisait face à son pilulier, malgré son optimisme légendaire, elle pensait avec désolation que la vieillesse était bien un naufrage et que c'était la seule certitude qu'elle avait à 83 ans. Au dessus de la porte, un Christ agonisait sur une croix dont la rouille avait taché la pierre. Des fissures couraient sur le crépi sali. De lourds volets qui portaient encore quelques traces d'une peinture bleue, couinaient au vent. La pelouse n'avait pas été tondue de l'été et de longues herbes jaunies poussaient au travers d'une chaise de jardin éventrée. Dans le garage, une vieille Renault 5 était juchée sur quatre cales et partiellement recouverte d'une bâche. Tout ici était en accord. Tout semblait logique et approprié.

J'ai entendu ma grand-mère au travers de la porte qu'elle s'apprêtait à ouvrir, marcher d'un pas qui évoquait la souffrance. Elle a ouvert en me tendant les bras, les yeux plein d'eau. Elle avait vieilli et s'était affaissée au même rythme que sa maison, avec synchronisme. Elle n'habitait plus que trois pièces pour éviter les déplacements et les escaliers. Elle avait fait sa chambre dans le salon et n'utilisait plus que la cuisine et la salle de bain adjacentes. De cette façon, elle avait condamné l'étage où je dormais avec mes cousins, lors de nos visites d'été. Elle vivait comme cela depuis l'AVC de son mari. Cela me faisait penser au chaos de mes premiers appartements d'étudiant dans le quartier Côte-des-Neiges quand je faisais simultanément l'apprentissage de la cohabitation et de l'autonomie. Sur la table du salon entre les deux lits, il y avait une importante quantité de médicaments sur laquelle elle ne semblait pas avoir de contrôle. La télévision était allumée en permanence, et un gros matou apathique dormait sur une couverture écossaise qui réconfortait chaque soir les jambes meurtries de ma grand-mère. Et puis, dans un coin, sur un fauteuil orthopédique, mon grand-père somnolait. Il était devenu une masse fragile et grise, et n'avait plus que la peau sur les os. Ses pommettes blanches et ridées creusaient son visage dont les joues avaient disparu. Les yeux bleu acier dormaient sous des paupières dont la peau était presque translucide. Des veines tuméfiées parcouraient son visage. Un souffle lent et saccadé sortait de sa bouche, faisant tressaillir ses lèvres déchirées par les rides. Seule l'épaisse tignasse blanche était intacte. Ma grand-mère m'a dit qu'il dormait beaucoup, mais jamais de longues heures d'affilée. Elle vivait au son de sa respiration et de ses râles quand il avait besoin de quelque chose. Elle aussi ne dormait plus beaucoup. Elle était hantée par la peur qu'il meure sans qu'elle s'en rende compte, qu'il parte sans qu'elle n'ait pu lui dire un dernier mot, lui faire sentir une dernière pression sur sa main dans la sienne. Peut-être considérait-elle que cela faisait partie de l'ultime mandat d'épouse parfaite qu'elle avait été et qu'elle ne pouvait en aucun cas s'y soustraire?

Je me suis assis face à lui, à quelques pieds, et je l'ai observé dormir tandis que ma grand-mère préparait une quiche lorraine pour le diner. J'ai attendu son réveil pour voir sa réaction quand il réaliserait ma présence. Je voulais voir le fond de son œil au moment où il me reconnaitrait. Au dessus de sa tête, dans les rayons de la bibliothèque murale, trônait une photo de lui en uniforme, avec une casquette crânement déplacée vers l'arrière et une cigarette qui brûlait au bout de ses lèvres. Il avait les mains dans les poches. Il était beau et charismatique, et le bleu intense de son regard laissait deviner une intelligence froide. Il souriait. Il avait vingt ans et des poussières. La guerre s'achevait, il venait de rejoindre le Maquis qui lui donna une certaine respectabilité pour le reste de sa vie. Il n'avait pas encore fait fortune, mais déjà il affichait l'assurance des grands chefs d'entreprise. Il avait suivi le bon chemin, par chance ou par instinct, par conviction peut-être. Par caprice du destin, il n'était pas devenu un Paoli, un nom infâme dans les livres d'histoire.

Je n'ai jamais connu cet homme-là. Dans les premiers souvenirs que j'ai de lui, il arborait déjà ce regard dur qui faisait peur. Il avait plu aux femmes toute sa vie, entretenant des maitresses et faisant aussi un enfant à l'une d'elles qui était resté très longtemps dans l'entourage lointain de la famille. L'enfant qui avait presque le même âge que mon père avait été présenté comme un vague cousin par alliance. Si ma grand-mère n'avait jamais pardonné ces relations, elle les avait acceptées. Elle avait fait une place à l'humiliation dans son quotidien que chaque jour la vue de son mari lui rappelait.

Devant moi, cet homme qui n'aimait pas les hommes était en train de mourir. Lentement, son corps se désagrégeait. Il en avait presque perdu totalement l'usage. À 91 ans, il entamait les derniers miles du long parcours qui avait été le sien; une longue vie durant laquelle il avait laissé si peu de place à l'amour. Il s'était construit, avec acharnement et minutie, une carapace impénétrable dont il s'était habillé et qui l'avait, petit à petit, isolé des autres humains. Il avait observé toute sa vie sans broncher et sans pitié, sa famille souffrir de cet abandon. Seuls les enfants avaient toujours su polir la surface de cet homme. Mais ils lui avaient fait un jour l'affront de grandir, et il avait ensuite cessé de les aimer, un à un.

Il a ouvert ses paupières à moitié et a balayé la pièce du regard. Malgré sa mauvaise vue, il a réalisé ma présence et appelé aussitôt sa femme. Ma grand-mère a accouru en grimaçant et lui a posé ses lunettes sur le nez. L'œil s'est fixé sur moi. Le bleu était le même. Il s'est redressé et a planté son regard dans le mien, comme pour me mettre au défi. La situation était absurde, mais j'ai fini par baisser les yeux. Puis, il s'est affaissé à nouveau. Je lui ai fait un peu la conversation. Je lui ai parlé de mon voyage, de mon travail, de ma vie, en prenant soin d'élaguer tous les éléments qui lui auraient donné des indices sur la crise que je traversais. Je lui ai fait un récit bref et impersonnel de mon existence, mais il savait que je mentais. Puis, après le diner, il s'est assoupi à nouveau.

Grand-mère n'ayant plus rien à me raconter s'est balancée sur sa chaise berçante et a souri de contentement quand elle a entendu son chat ronronner sur ses genoux. Je me suis levé et j'ai consulté les 33 tours qui prenaient la poussière dans la bibliothèque. J'ai saisi le disque du *Chant des partisans* que mon grand-père aimait beaucoup. La chanson lui rappelait la période la plus heureuse de sa vie, quand il souriait encore sur les photos. Le phonographe fonctionnait parfaitement. Le chant grave s'est installé entre nous, et mon grand-père a fermé les yeux et remonté le temps pour y retrouver ses souvenirs.

Ami, entends-tu le vol noir des corbeaux sur nos plaines

Ami, entends-tu les cris sourds du pays qu'on enchaîne...

Cet appartement était une plage de désolation où deux vies s'échouaient dans la douleur. C'était un espace contaminé par leur vieillesse qui emportait avec elle chaque jour un peu de dignité. J'ai pensé qu'ils auraient dû mourir plus tôt, que la vie avait été trop longue, qu'elle les avait trop usés. La mort s'était campée à leurs pieds, et depuis, ils assistaient impuissants à leur dégringolade. Ils avaient souvent envie de pleurer parce qu'ils avaient été jeunes et qu'ils s'en souvenaient. Ils s'étaient tenus la main dans la rue, ils avaient pleuré dans un hôpital devant un nouveau né, ils avaient construit une maison suffisamment grande pour plusieurs enfants, ils avaient fait l'amour dans un cinéma, ils avaient souri à des enfants, ils avaient eu un corps sans douleurs, ils étaient partis en vacances, ils avaient aimé s'enivrer pour la chaleur qui les endormait. Ils avaient été insouciants.

Je savais que je ne les reverrais probablement jamais. Un jour proche, le téléphone de mes parents sonnerait, sûrement la nuit. Ma grand-mère confuse annoncerait à mon père la mort de mon grand-père. Papa aurait de la peine pour sa mère et pour cet amour dont il n'avait jamais su faire le deuil. Il serait seul avec ses frères et sœurs pour l'enterrement dont il partagerait les frais. Il ne pleurerait pas. Il vivrait la mise en terre comme une procédure pénible. Puis viendrait le tour de ma grand-mère, quelques années plus tard. La logique serait respectée. La famille poursuivrait sa lente agonie, son inévitable atomisation.

Son souvenir ne parviendrait pas à disparaitre de ma vie. Il me hanterait jusqu'à la fin, laissant les questions sans réponses. La vie passerait pour moi aussi, très vite, puis au loin, rapidement, apparaitrait la plage de mon naufrage, semblable à toutes les autres, indigne et révoltante. Si j'avais dû devenir un assassin, si j'en avais eu les aptitudes, je les aurais supprimés tous les deux pour les soulager de cette vie. J'aurais plaidé l'aide à mourir. J'ai pensé longuement dans l'avion qui me ramenait à Montréal que j'aurais dû les aider à mourir dans ce salon cristallisé par leur vieillesse. Il aurait été facile de les étouffer, peut-être simultanément, tandis qu'ils somnolaient au son du Chant des partisans : *Il y a des pays où les gens au creux des lits font des rêves. Ici, nous on marche et nous on tue, nous on crève...* Je me serais penché sur ma grand-mère d'abord, pour lui parler dans le creux de l'oreille. J'aurais tenté de la convaincre de se laisser aller, d'éviter des années pénibles de solitude qui se termineraient inévitablement dans un mouroir où personne ne viendrait lui rendre visite. Ses enfants divisés, qui ne se parlaient plus, se rejetteraient chacun la responsabilité de porter le fardeau qu'elle deviendrait. Elle aurait fini par abandonner, j'en suis sûr et aurait enfin fermé ses yeux abimés par des tumeurs bénignes. Elle aurait accepté la fin que je lui proposais. Elle aurait peut-être eu comme ultime image, celle d'un rideau qui ondule dans un vent tiède d'après-midi après l'amour, quand le corps s'affaisse emporté par le sommeil post-coïtal et délicieux.

Ils n'auraient sans doute pas lutté. Il n'y aurait eu aucun signe de violence. Ils auraient peut-être embrassé la main qui les délivrait. Cela aurait peut-être été l'ultime marque de reconnaissance de mon grand-père envers moi. La seule véritable et tangible qui m'aurait réconforté, peut-être assez pour lui pardonner. Et peut-être aurais-je pleuré, comme un petit-fils pleure son grand-père? Cet assassinat qui m'aurait privé de ma liberté, m'aurait rendu léger, conscient que j'aurais mis un terme à ce que je considérais être une malédiction familiale où l'incapacité d'aimer convenablement les siens avait affligé des générations telle une maladie inscrite dans la génétique pourrie d'une famille vouée à disparaitre! Et j'aurais peut-être été triste devant leurs cadavres paisibles. Et j'aurais peut-être enfin eu envie d'avoir des enfants.

Mais j'étais un lâche, un homme de demi-mesure, trop lisse, trop enclin à une existence passive et fataliste. Un foutu *yes man* sans aspérité, spectateur désabusé des agonies.

25

À l'aéroport Pierre Eliot Trudeau, je me suis arrêté à la librairie pour y chercher la revue qui avait consacré sa première page à Mickie. J'ai rangé sa « vie météorique » dans mon sac à dos, puis j'ai pris un taxi pour le centre-ville de Montréal. L'automne était doux sur la ville. Les arbres avaient changé de couleur. La province s'était mobilisée contre l'arrivée hâtive de l'hiver avec la motivation de ceux qui ne veulent pas que le party s'arrête. Montréal ronronnait au rythme de ce soleil d'after hours. J'ai recherché sur mon téléphone l'adresse de l'hôtel où Mickie avait vécu les derniers mois de sa vie et je l'ai transmise au chauffeur qui a acquiescé d'un mouvement de tête. Il m'y a déposé peu avant la tombée de la nuit. J'ai reconnu le hall d'entrée quasi identique à mon souvenir et j'ai demandé la même chambre qu'avait occupée Mickie quinze ans plus tôt. L'hôtel n'étant pas achalandé à cette époque de l'année, la chambre était disponible. La décoration avait été refaite, les meubles disposés différemment. C'était de bon goût, mais un peu froid et sans âme comme le sont les espaces de transit où personne ne s'attarde. Le mobilier était luxueux, le matelas de bonne qualité et un téléviseur géant y était accroché au mur. J'ai déposé mes valises à côté du lit. Après vérification, il n'y avait pas de bible dans le tiroir de la table de chevet.

La nuit est tombée brutalement sur la ville, ralentissant ses mouvements, chassant les êtres vagabonds qui erraient dans ses rues, abrutis par des vies compliquées. Malgré l'interdiction, j'ai allumé une cigarette et j'ai ouvert la fenêtre. Mon téléphone m'indiquait que j'avais 7 messages non-lus et 4 appels manqués. Des êtres s'étaient ennuyés de moi, avaient ressenti le vide de mon absence, même si ce n'était que pour me rappeler des échéances financières ou administratives. On ne se soustrait pas aussi facilement à sa vie ! J'ai refermé ma messagerie et j'ai fait jouer un peu de musique. J'ai allumé la télévision en sourdine, et j'ai fouillé le guide et sélectionné un poste qui proposait de la pornographie en continu. Une femme noire, splendide dans ses courbes, recevait l'attention de deux hommes, l'un bedonnant et vicieux, et l'autre maigre et anémique, probablement aux prises avec l'héroïne. Les gros plans alternaient entre le visage inondé de spasmes simulés de la petite noire et les grimaces de plaisir de l'homme bedonnant qui la pénétrait en levrette. L'homme maigre les observait en se masturbant sans parvenir à dissimuler la gêne qui l'envahissait, ou bien était-ce le manque? J'ai monté le volume de mon téléphone sur une chanson de Tom Waits. Sa voix rocailleuse avait quelque chose d'animal que l'alcool lui avait offert en signe d'amitié. Elle collait bien avec le film pornographique. Elle le complétait. Elle était sa part de lumière et d'espoir, la poésie qui avait manqué à Lola et peut-être à Mickie pour supporter leur existence: *The moon is yellow silver…*

Dehors, la ville était coincée sous une épaisse nuit. Un ciel étoilé la recouvrait. La ville bruyante se domptait. Le visage de Mickie est apparu en filigrane et a tourbillonné dans le ciel extatique. C'était un papillon que j'avais tenté en vain de capturer du bout de mon objectif. Il ne serait jamais aussi beau que dans cet instant hors du temps, éphémère, inscrit dans un espace familier. Mes yeux se sont posés sur la ville, immense et farouche, dont le cœur bourdonnait sourdement. J'ai photographié l'instant, mais au fond de moi, comme une certitude à laquelle on n'échappe pas : il est des absences dont jamais on ne se console!

Le forfait 3G de mon téléphone m'a offert le visage de Mickie sur Youtube, la nouvelle mémoire de l'humanité, où tous les faits et gestes étaient désormais consignés en son et en images, et accessibles en format Fast Food avec service instantané. J'avais si souvent voulu rallumer son souvenir, aux moments les plus sombres de ma vie, quand je venais à douter de son existence tant son image m'échappait. L'apparition de Youtube, quelques années après sa mort, m'a sauvé en quelque sorte de l'oubli qui voulait s'imposer à moi et effacer les dernières traces de notre histoire. Son passage dans un talk-show populaire, qui apparaissait en tête de liste des propositions du moteur de recherche, m'a offert ma réhabilitation. Son visage figé dans la lumière m'a fait l'effet d'une image sacrée, celle de femmes qui ont adoré le Christ sur sa croix et souffert avec lui de sa Passion. Le saugrenu de la comparaison m'a fait sourire. Durant huit minutes 47 secondes, Mickie répondait aux questions d'un animateur échauffé par sa présence sur son plateau et excité par sa beauté froide et la réputation sulfureuse de son roman. Le sourire aux lèvres, elle se prêtait au jeu. Elle putassait, comme elle le disait, sachant que toute cette bouffonnerie avait un prix, celui d'une gloire dont elle ne savait que faire, mais qui ouvrait la porte à la reconnaissance, à l'estime et, ultimement à l'amour. Elle souriait et répondait avec douceur aux questions les plus intimes, sa carapace étant déjà solide et antiadhésive. Son intelligence irritait. On l'aurait souhaité écervelée pour mieux justifier son passé sordide. D'autres invités sur le plateau s'amusaient un peu de son histoire, la trouvant prétexte à une littérature intello-porn. On lui reconnaissait un talent prometteur et un succès d'estime qui s'était traduit par la suite en succès de librairie. Elle s'amusait de tout cet argent que lui avait rapporté le sexe. De l'argent si facile à dépenser pour l'oublier, disait-elle. Puis l'animateur lui a demandé de lire un passage de son livre, un extrait sur l'adolescence de Lola, la violence familiale et les abus physiques, qui étaient selon Mickie, plutôt autobiographiques. Sa voix était douce. Ses yeux parcouraient les lignes et caressaient les mots avec délicatesse pour ne pas raviver la douleur. C'était la même voix que celle qui l'avait habitée, un soir de novembre, quand elle était entrée dans ma vie dans une salle de classe de l'université McGill. Le réalisateur a fait un gros plan sur sa bouche en mouvement : « *Quand elle sortit de la salle de bain, sa petite culotte souillée de quelques gouttes de sang à la main, le ventre portant encore les traces invisibles d'une semence indésirable, elle eut envie de mourir. Disparaître n'était pas suffisant. Elle aurait voulu n'avoir jamais existé pour ne jamais avoir à revivre cet instant, même en souvenir. Elle ferma à clé la porte de sa chambre, cacha la culotte dans un petit coffre qui contenait des objets chéris d'une enfance disparue, contaminant ainsi les vestiges de son innocence. De l'autre coté du mur, le salon familial se remplissait d'images et de sons d'une émission télévisée où il était question de défis et de récompenses. L'odeur du tabac fumé par son père parvenait jusqu'à elle. Quelques centimètres à peine les séparaient, mais elle était loin de ses bras, ceux qui la prenaient et la serraient autrefois, quand l'âge se compte encore en mois. Avec un crayon à la mine bien taillée, elle écrivit sur son ventre le mot « jamais », jusqu'à ce que le sang coule. Quelques jours plus tard, le plomb qui avait pénétré sa chair, avait infecté la cicatrice. Le pus apparut et elle protégea longtemps la blessure, espérant que jamais elle ne disparaisse. Elle se demanda s'il était obligatoire d'avoir un futur. Elle souhaita que sa vie soit courte.* »

Après avoir lu les derniers mots, elle a refermé le livre et l'a déposé délicatement devant elle. La vidéo s'arrêtait ainsi sur ses yeux grands ouverts. Et puis j'ai sorti la revue de mon sac. La vie de Mickie avait bien été météorique. L'article d'une dizaine de pages reposait sur une entrevue faite quelques jours avant son départ pour New-York dans sa chambre d'hôtel de la rue Ste-Catherine. Les photos qui accompagnaient l'article avaient été prises le même jour. Mickie portait son mince manteau de cuir noir et les mêmes boucles d'oreille de plume qu'elle avait à Québec et qui lui allaient si bien. Il était question de sa vie et de la fulgurance de son passage. On disait, malgré la brièveté de son œuvre, combien elle avait marqué son époque. *Sacrifiée* avait été un coup de poing, une espèce d'ovni littéraire propulsé par son mystère et sa fin tragique. Mickie n'avait pas eu le temps de poursuivre une œuvre à proprement dite, et je ne sais pas ce qu'elle aurait pensé de tout ça. Je ne sais pas si elle aurait aimé que l'on revisite son passé et les traces qu'elle y avait laissées. L'article évoquait une femme cohérente avec son œuvre et consciente de son image. Mickie avait été tout ça à la fois. Mais moi, je n'ai connu que celle que l'on retrouvait dans la pénombre sur certaines photos, celle qui ne savait pas avec certitude quelle était sa place ni sa valeur. Je n'ai connu que celle qui avait tant besoin qu'on la prenne dans ses bras sans jamais oser le demander.

Presque une vie s'était écoulée depuis. Sans elle.

J'ai regardé autour de moi, considérant cet espace inutile et douloureux. Mickie avait emporté avec elle l'indicible, prenant soin d'effacer les marques de son passage. Depuis la chambre, j'apercevais le miroir de la salle de bain où elle avait laissé son reflet. Elle y est apparue une dernière fois en images saccadées des films en 8mm. Elle a souri comme on dit adieu. J'ai souhaité qu'elle ne m'oublie jamais, qu'elle traverse la vie avec moi.

Je ne lui en ai jamais voulu d'être partie sans me dire au revoir. Le moment n'aurait jamais été à la hauteur de toute façon.

26

J'ai quitté la chambre peu après y être entré, renonçant à y dormir. La réception m'a remboursé 80% du montant payé une heure plus tôt. Une chanson de Patrick Watson m'a accompagné tandis que je rentrais chez moi à pieds, reprendre ma vie peuplée de fantômes à défaut d'enfants. Les immeubles et les tours de la ville pointaient vers le ciel sans jamais croiser leurs trajectoires. J'ai vu mon reflet dans la vitrine d'un magasin, une forme en mouvement qui trainait une valise lourde et cabossée. Des groupes de fumeurs s'agglutinaient devant l'entrée des bars. Ils avaient chaud. Ils avaient bu. Du feu au bout des doigts, ils consumaient leur existence contre un peu d'insouciance. La nuit brassait les souvenirs et les crachait sur les pavés. Les images m'ont percuté, faisant vaciller ma silhouette dans la vitrine. J'ai poursuivi mon chemin sur des trottoirs méticuleux, habitués d'accueillir des pas fatigués.

Waiting for something to break this calm
Send you my love in the sound

Finalement, je n'avais qu'assez peu avancé dans cette existence. J'y avais erré candidement en demeurant toujours un peu débutant. J'avais suivi jusque là un itinéraire en ligne brisée, une trajectoire décousue, percutée de vies éphémères et de fulgurances que je n'avais réussi à fixer. Mais n'était-ce pas le mieux que je pouvais faire? Vivre et dessiner une trajectoire, un parcours toujours difficile malgré les efforts, malgré l'espoir? Il fallait vivre et consigner des instants méthodiquement dans la fibre de mon cerveau. Vivre. Il m'aurait fallu faire des enfants, prendre un chien et croire au bonheur, en acheter l'idée et me bercer d'illusions. Et fermer les yeux.

Quelque part dans cette ville, dans l'enchevêtrement des tours de béton et d'acier, sous un ciel spectateur, Amélie respirait. Elle existait. Elle continuait un chemin sans moi où je n'occupais plus qu'une place dans sa mémoire.

Dans une vie rêvée, peuplée de souvenirs, j'ai imaginé sa chair tendre et ferme. Nos ventres et nos visages y étaient sablés et polis par le temps remonté. Sous la pulpe des doigts, je ne sentais pas les lésions cutanées ni les cicatrices. Dans une vie rêvée, l'âge n'est ni ingrat, ni doré. Il se dissout. Rien ne passe et rien ne s'use. Tout recommence à l'infini. Nous sommes jeunes et nous avons beaucoup de certitudes.

Une lassitude s'est emparée de moi sur les trottoirs suintants. Je me suis souvenu de la première nuit passée chez Amélie. La lune orange se reflétait sur la fenêtre de son appartement. Elle était assise sur un canapé de faux velours et elle souriait devant un programme télévisé. Devant sa porte, j'avais hésité avant de frapper sur la vitre qui avait gardé ses empreintes digitales. Je ne voulais pas briser l'instant. Ma main était en suspens, face à un destin dans lequel je m'engageais. Elle était encore plus belle parce qu'elle ne savait pas que je l'observais. Je n'étais encore qu'une image conditionnelle, un prénom qui n'avait pas encore d'histoire dans sa vie, un message griffonné sur un bout de papier. Je n'avais pas encore appris à vieillir et à mourir. Je voulais croire en l'amour qui dure toute une vie.

Quelques instants plus tard, au bout d'une rue sombre que les lampadaires ont désertée, je suis retourné à la vie que j'avais fuie. L'appartement m'attendait, froid et humide, aussi attrayant qu'un cercueil confortable. J'ai vidé le frigo des aliments périmés que j'avais oubliés avant mon départ. J'ai pris une douche chaude qui m'a délassé et redonné un peu d'énergie. Sur la table de la cuisine, j'ai déposé le passeport, le billet d'avion, des factures et le courrier attrapé au passage dans ma boite aux lettres. Je l'ouvrirais plus tard, puis réintègrerais ainsi ma vie réelle. J'ai changé les draps de mon lit, puis j'ai fermé les lumières et je me suis allongé. Mon corps fourbu, bien lourd et engourdi par la fatigue, m'a rappelé mon âge et les années qui avaient passé. Les images de ce voyage ont défilé pêle-mêle et je n'ai pas su leur donner une suite logique et cohérente. Mickie viendrait me rendre visite, encore une fois, m'adressant ce sourire sombre que seuls les êtres qui savent qu'ils vont mourir arborent. Elle s'assoirait sur le fauteuil en face de mon lit, une cigarette brûlant au bout de ses doigts fins et elle me regarderait avec compassion. Je lui dirais de rester près de moi, de me serrer très fort dans ses bras, pour le réconfort de la pointe de ses os dans ma chair. Elle ne dirait rien, je ne sentirais que son souffle près de mon oreille, un souffle chaud que le désir suscite. Puis elle disparaitrait avant que je ne lui dise que je l'aime, avant que les mots ne prennent une signification.

J'ai somnolé en pensant que, le lendemain, j'écrirais un message à Julia, pour lui dire que sa présence dans ma vie, même brève, avait été importante. Que le destin aurait pu nous amener un peu plus loin si la peur n'avait une fois de plus stoppé mon élan. Je lui dirais que je l'aime, en rajoutant quelque chose après pour en atténuer le sens, mais pour lui faire savoir qu'elle m'avait touché suffisamment pour que je ne l'oublie jamais. Je lui laisserais mon adresse à Montréal si d'aventure elle traversait un jour l'océan.

J'ai pensé encore à Amélie et à tous ces actes manqués entre nous. Les souvenirs étaient douloureux. Cela m'a fait pleurer un peu. En silence, je lui ai laissé des mots doux pour plus tard, pour les moments de solitude. Peut-être ne les entendrait-elle plus jamais? Il aurait fallu crier, mais je n'ai jamais su que chuchoter, trop effrayé par le bonheur que l'écho de ma voix me renvoyait. Je continuerais d'aller sous sa fenêtre, comme je l'ai fait souvent depuis notre rupture. Je l'imaginerais assise sur le canapé rouge que nous avions acheté ensemble, à l'époque où notre histoire avait un avenir, les yeux plongés dans un épais roman. Je la verrais encore se coiffer devant le miroir, une bataille sans fin contre une chevelure épaisse et récalcitrante, le regard bleu noir de désarroi qui laisserait vite place à la résignation. Je me donnerais encore rendez-vous sous sa fenêtre où une lumière atténuée par un rideau fleuri s'installerait entre elle et celui qui avait pris ma place. Je verrais son sourire qui s'étend de sa bouche à ses yeux, inviter un baiser qu'une autre bouche que la mienne déposerait doucement. Cela me ferait mal. Et la solitude, beaucoup plus douloureuse que jamais, réapparaitrait. Et mes amours, comme les hivers, passeraient, presque toujours identiques et prévisibles. Une répétition d'histoires dont j'essaierais en vain de réécrire la fin.

Le lendemain, le jour se lèverait à nouveau et il me faudrait réintégrer ma vie. J'y serais prêt. Je retrouverais une autre école, un autre bureau, d'autres salles de classe, d'autres collègues qui me renverraient mon reflet terne et usé et je reprendrais ma vie là où elle s'était arrêtée. Il n'y aurait pas d'autre alternative envisageable. Cela serait un peu triste, mais inévitable. Il est difficile de faire le deuil de ses morts quand on ne dispose pas du cadavre.

Puis avant que la nuit m'emporte sans que je ne lutte davantage, j'ai saisi mon carnet à spirales où j'avais écrit 15 ans plus tôt ces quelques lignes :

Je l'ai vue placer son petit manteau de cuir avec agilité, en le faisant passer par dessus ses épaules, dégager ses cheveux du revers de la main, le regard qui cherche sans chercher, la main sur des clés dans une poche, un briquet, un paquet de cigarettes mentholées, un baume pour les lèvres, puis nouer son foulard autour de son cou pour la sensation sur sa peau, pour le contraste des couleurs. Puis elle est sortie sur le balcon de sa chambre, une cigarette aux lèvres, magnétique. Je l'ai suivie et je l'ai serrée contre moi, dans l'air froid qui coupait la peau, sous la pluie de glace qui tombait. Je me suis mis à trembler. Elle a resserré son étreinte puis déposé ses lèvres sur mon front, comme une mère cherchant une possible fièvre l'aurait fait pour son enfant. Puis elle a souri. Et ce fut peut-être ce que l'on appelle un moment de grâce.

Montréal, 1 janvier 1998.

Mon réveil affichait 1h32 quand j'ai ouvert les yeux pour la dernière fois. La nuit était noire et effective. Quelques lumières environnantes attestaient de la présence humaine.

Crédits et remerciements

Merci à Stéphanie Duret pour sa correction, sa patience et ses conseils.

Merci à mes lecteurs du premier jour, toujours fidèles.